suhrkamp

Natalia Ginzburg wurde 1916 in Palermo geboren. Während des Zweiten Weltkriegs gehörte ihre Familie zu den aus rassischen Gründen Verfolgten. Natalia Ginzburgs Mann, Leone Ginzburg, ein Schriftsteller russischer Herkunft, hatte eine führende Rolle in der antifaschistischen Widerstandsbewegung; mit ihren Kindern teilte sie von 1940-1943 seine Verbannung in den Abruzzen. 1944 starb Ginzburg im deutschen Teil des römischen Gefängnisses Regina Coeli. In den Nachkriegsjahren arbeitete Natalia Ginzburg als Lektorin, Übersetzerin (Proust) und Schriftstellerin. Heute lebt sie in Rom. Veröffentlichungen: *Caro Michele. Der Roman einer Familie*, 1974; *Ein Mann und eine Frau*, 1980.

Die Geschichte beginnt vor dem Hintergrund einer verschneiten Winterlandschaft und endet nach Ablauf eines Jahres. Was sich während dieser zwölf Monate abspielt, ist Micheles letzte Zeit: Er lebte in Rom, in einer Kellerwohnung, malte Bilder mit zerstörten Häusern und Eulen, er floh, als die Polizei Studenten verhaftete, nach London. Doch spätestens dort erweist sich: nicht die Staatsgewalt war das Motiv seiner Flucht, sondern Flucht heißt das »Grundmuster seiner Existenz«. Dieser Zwang löst alle Bindungen an Orte und Menschen. Ein letztes Ziel ist Brügge. Dort kommt er um.

»Caro Michele« beginnen die meisten der Briefe, aus denen das Buch besteht, geschrieben von der Mutter, der Schwester, dem Freund und dem Mädchen Mara, das ein Kind hat, dessen Vater Michele sein könnte. Michele löst in ihnen allen das Gefühl der Zuneigung aus. Dieses Gefühl ist es, das ihr Leben ausmacht, das die Beziehungen untereinander ermöglicht. Doch die Zuneigung zu jenem vor sich selbst flüchtenden Jungen und die Verbundenheit untereinander sind Selbsttäuschungen. Jeder einzelne ist verwaist, kennt weder sich noch den anderen, versteht, hört, erkennt nichts.

Natalia Ginzburg
Caro Michele

Der Roman einer Familie

Aus dem Italienischen von
Arianna Giachi

Suhrkamp

Titel der Originalausgabe: *Caro Michele*
Umschlagfoto: Utta Wickert

suhrkamp taschenbuch 853
Erste Auflage 1982
© Arnoldo Mondadori Editore 1973
© der deutschsprachigen Ausgabe beim Insel Verlag Frankfurt am Main 1974
Lizenzausgabe mit freundlicher Genehmigung des Insel Verlags,
Frankfurt am Main
Suhrkamp Taschenbuch Verlag
Alle Rechte vorbehalten, insbesondere das des öffentlichen Vortrags,
der Übertragung durch Rundfunk und Fernsehen
sowie der Übersetzung, auch einzelner Teile.
Druck: Nomos Verlagsgesellschaft, Baden-Baden
Printed in Germany
Umschlag nach Entwürfen von
Willy Fleckhaus und Rolf Staudt

6 7 8 9 10 11 – 01 00 99 98 97 96

Caro Michele

I

Eine Frau namens Adriana stand in ihrem neuen Haus auf. Es schneite. Der Tag war ihr Geburtstag. Sie wurde dreiundvierzig Jahre. Das Haus lag auf dem flachen Land. In einiger Entfernung sah man auf einer kleinen Anhöhe das Dorf. Bis dorthin waren es zwei Kilometer. Bis zur Stadt waren es fünfzehn Kilometer. Die Frau wohnte seit zehn Tagen in dem Haus. Sie schlüpfte in einen Morgenrock aus tabakfarbenem Voile. Ihre langen schmalen Füße steckte sie in ein Paar tabakfarbene Pantoffeln, deren Pelzbesatz abgewetzt und sehr schmutzig war. Sie ging in die Küche hinunter, machte sich eine Tasse Bubis Malzkaffee und brockte mehrere Zwiebacke hinein. Auf dem Tisch lagen Apfelschalen. Sie kehrte sie in eine Zeitung zusammen, um sie Kaninchen zu geben, die sie noch nicht besaß, mit denen sie aber schon rechnete, weil der Milchmann sie ihr versprochen hatte. Dann ging sie ins Wohnzimmer und öffnete die Fensterläden. Ihr Blick fiel in den Spiegel über dem Sofa, und sie betrachtete mit Genugtuung ihre hohe Gestalt, ihr kurzes gewelltes kupferfarbenes Haar, ihren kleinen Kopf, ihren langen starken Hals und ihre großen traurigen grünen Augen. Dann setzte sie sich an den Schreibtisch und schrieb an den einzigen Sohn unter ihren Kindern:

»Lieber Michele. Ich schreibe Dir vor allem, um Dir zu sagen, daß Dein Vater krank ist. Geh ihn besuchen. Er sagt, er habe Dich schon seit Tagen nicht mehr gesehen. Ich war gestern bei ihm. Es war der erste Donnerstag im Monat, und ich erwartete ihn bei Canova. Dort hat mich sein Diener angerufen, um mir zu sagen, daß er krank ist. Deshalb bin ich zu ihm gegangen. Er lag im Bett. Ich fand ihn sehr elend aussehend. Er hat Ringe unter den Augen und eine ungesunde Gesichtsfarbe. Er hat Schmerzen am Mageneingang und ißt nichts mehr. Natürlich raucht er weiter.

Wenn Du zu ihm gehst, bring nicht wie sonst fünfundzwanzig Paar schmutzige Socken mit. Sein Diener – ich weiß nicht mehr, ob er Enrico oder Federico heißt – ist augenblicklich nicht in der Lage, sich auch noch um Deine schmutzige Wäsche zu kümmern. Er ist zerfahren und am Ende seiner Kräfte. Nachts schläft er nicht, weil Dein Vater nach ihm ruft. Dazu kommt, daß es seine erste Stellung als Diener ist, denn bisher arbeitete er bei einem Autoelektriker. Außerdem ist er ein kompletter Trottel.

Wenn Du viel schmutzige Wäsche hast, dann bring sie mir. Ich habe seit fünf Tagen ein Dienstmädchen, das Cloti heißt. Sie ist nicht sympathisch. Da sie dauernd einen Flunsch zieht und man ohnehin nicht weiß, ob sie bleibt, macht es nichts, wenn Du mit einem Koffer voll schmutziger Wäsche hierherkommst, du kannst es also ruhig tun. Ich möchte Dich aber darauf hinweisen, daß es auch in der Nähe Deiner Souterrainwohnung gute Wäschereien gibt. Und Du bist alt genug, um Dich selbst um Deine Sachen zu kümmern. Demnächst wirst Du zweiundzwanzig Jahre. Dabei fällt mir ein, daß ich heute Geburtstag habe. Die Zwillinge haben mir Pantoffeln geschenkt. Doch ich hänge zu sehr an meinen alten Pantoffeln. Dann wollte ich Dir noch sagen, es wäre schön, wenn Du jeden Abend Dein Taschentuch und Deine Strümpfe wüschest, anstatt sie wochenlang unter dem

Bett anzuhäufen, aber es ist mir ja nie gelungen, Dir das klarzumachen.

Ich habe den Arzt abgewartet, einen gewissen Povo oder Covo, das habe ich nicht richtig verstanden. Er wohnt im Stockwerk darüber. Ich habe nicht begriffen, was er von der Krankheit Deines Vaters hält. Er meint, es handele sich um ein Magengeschwür, aber das wissen wir ja längst. Seiner Ansicht nach müßte Dein Vater ins Krankenhaus, aber davon will Dein Vater nichts wissen. Vielleicht findest Du, ich sollte zu Deinem Vater ziehen und ihn pflegen. Auch ich habe schon daran gedacht, werde es aber, glaube ich, nicht tun. Ich fürchte mich vor Krankheiten. Vor den Krankheiten der anderen, nicht vor den meinen, aber ich bin ja auch noch nie ernstlich krank gewesen. Als mein Vater Blinddarmentzündung hatte, fuhr ich nach Holland. Dabei wußte ich genau, daß es sich nicht um eine Blinddarmentzündung handelte. Es war Krebs. So war ich nicht da, als er starb. Das bereue ich. Aber es ist nun mal so, daß wir uns von einem bestimmten Augenblick unseres Lebens an unsere Reuegefühle wie Zwieback in den Morgenkaffee brocken.

Ich weiß auch nicht, was Dein Vater für ein Gesicht machen würde, wenn ich morgen mit meinem Koffer bei ihm ankäme. Seit vielen Jahren ist er mir gegenüber schüchtern geworden. Auch ich bin ihm gegenüber schüchtern. Es gibt nichts Schlimmeres als die Schüchternheit zwischen zwei Menschen, die sich gehaßt haben. Sie bringen es nicht mehr fertig, einander etwas zu sagen. Sie sind sich gegenseitig dankbar, daß sie sich nicht mehr kratzen und verletzen, aber diese Art von Dankbarkeit findet keine Worte. Nach unserer Trennung haben Dein Vater und ich die gräßliche bürgerliche Gewohnheit angenommen, jeden ersten Donnerstag im Monat bei Canova zusammen Tee zu trinken. Diese Gewohnheit paßte weder zu ihm noch zu mir. Wir taten es auf Rat seines Vetters Lillino, der in Mantua Rechtsanwalt ist und auf den Dein Vater immer hört. Nach Lillinos Ansicht sollten wir korrekte Beziehungen zueinander unterhalten und uns hin und wieder treffen, um unsere gemeinsamen Interessen zu besprechen. Doch die Stunden, die wir bei Canova verbrachten, waren für Deinen Vater und mich eine Qual. Da Dein Vater bei all seiner Unordnung ein methodischer Mensch ist, bestimmte er, daß wir von fünf bis halb acht Uhr an diesem Tisch zu sitzen hatten. Ab und zu seufzte er und schaute auf die Uhr, und das war für mich eine schreckliche Demütigung. Er saß weit zurückgelehnt auf seinem Stuhl und kratzte seinen schwarzen Strubbelkopf. Er kam mir vor wie ein alter müder Panther. Wir sprachen über Euch. Aber Deine Schwestern sind ihm ja vollkommen gleichgültig. Sein Liebling bist Du. Seit Du existierst, hat er sich in den Kopf gesetzt, daß auf der ganzen Welt Du allein Zärtlichkeit und Verehrung verdienst. Wir sprachen also über Dich. Aber er behauptete dann stets, ich hätte nie etwas von Dir verstanden und der einzige Mensch, der Dich von Grund auf kenne, sei er. Damit war das Gespräch zu Ende. Wir hatten solche Angst, einander zu widersprechen, daß wir jedes Thema für gefährlich hielten und es deshalb vermieden. Ihr wußtet, daß wir uns an diesen Nachmittagen trafen, aber ihr wußtet nicht, daß es auf Rat seines verflixten Vetters geschah. Ich merke, daß ich das Imperfekt gebraucht habe. Aber ich glaube tatsächlich, daß Dein Vater sehr krank ist und daß wir uns nie wieder am ersten Donnerstag jeden Monats bei Canova treffen werden.

Wenn Du nicht so konfus wärst, würde ich Dir vorschlagen, Dein Souterrain aufzugeben und wieder in die Via San Sebastianello zu ziehen. Dann könntest Du statt des Dieners nachts aufstehen. Im Grunde hast Du doch nichts Bestimmtes zu tun. Viola hat ihr Haus und Angelica ihre Arbeit und das Kind. Die Zwillinge gehen zur Schule und sind auch noch zu klein. Im übrigen erträgt Dein Vater die Zwillinge nicht. Er erträgt auch Viola und Angelica nicht. Und von seinen eigenen Schwestern ist Cecilia zu alt, und Matilde und er hassen sich. Matilde ist jetzt bei mir und wird den ganzen Winter hierbleiben. Jedenfalls bist Du der einzige Mensch, den Dein Vater liebt und erträgt. Aber da Du nun mal so bist, wie Du bist, ist mir klar, daß Du besser in Deinem Souterrain bleibst. Denn wenn Du bei Deinem Vater wohntest, würdest Du dort nur noch mehr Unordnung anrichten und den Diener zur Verzweiflung bringen.

Dann wollte ich Dir noch etwas sagen. Ich habe einen Brief von einer Person bekommen, die mir schreibt, sie heiße Mara Castorelli und habe mich im vergangenen Jahr bei einem Fest in Deinem Souterrain kennengelernt. An das Fest erinnere ich mich, aber es waren so viele Leute da, daß ich niemanden in genauer Erinnerung behalten habe. Der Brief kam an meine alte Adresse in der Via dei Villini. Die Person fragt mich, ob ich ihr dabei behilflich sein kann, eine Arbeit zu finden. Sie schreibt aus einer Pension, in der sie aber nicht bleiben will, weil sie zu teuer ist. Sie sagt, sie habe ein Kind bekommen und möchte mir dieses prächtige Kind zeigen. Ich habe ihr noch nicht geantwortet. Früher mochte ich Kinder, aber jetzt hätte ich nicht die geringste Lust, ein Kind zu bewundern. Ich bin zu müde dazu. Von Dir möchte ich wissen, wer diese Person ist und an was für eine Art von Arbeit sie denkt, denn das erklärt sie nicht genau. Im ersten Augenblick habe ich diesem Brief keine besondere Bedeutung beigemessen, aber plötzlich kam ich auf den Gedanken, daß das Kind von Dir sein könnte. Denn ich verstehe nicht, warum sonst diese Person sich an mich gewandt hat. Ihre Handschrift wirkt überspannt. Ich habe Deinen Vater gefragt, ob er eine Freundin von Dir kenne, die Martorelli heiße, er hat das verneint und hat begonnen, von Pastorella-Käse zu reden, den er früher zum Segeln mitnahm, aber mit Deinem Vater ist ja überhaupt kein vernünftiges Wort mehr zu sprechen. Doch in mir hat sich nach und nach der Gedanke festgesetzt, daß dieses Kind von Dir ist. Gestern habe ich deshalb nach dem Abendessen noch einmal meinen Wagen aus der Garage geholt, was immer sehr mühsam ist. Ich bin ins Dorf gefahren und wollte Dich anrufen, aber Dich trifft man ja niemals an. Auf dem Rückweg habe ich weinen müssen. Dabei dachte ich ein wenig an Deinen Vater, der so elend ist, und ein wenig an Dich. Wenn das Kind der Martorello wirklich Dein Kind ist, was willst Du dann tun, der Du überhaupt nichts tun kannst. Die Schule hast Du nicht beenden wollen. Deine Bilder mit ihren verfallenen Häusern und den Eulen, die darüber hinfliegen, finde ich nicht besonders schön. Dein Vater allerdings behauptet, sie seien schön und ich verstünde nichts von Malerei. Mir kommt es so vor, als glichen sie den Bildern, die Dein Vater in seiner Jugend gemalt hat, nur daß sie schlechter sind. Aber ich weiß es nicht. Laß mich bitte wissen, was ich der Martorello antworten und ob ich ihr Geld schicken soll. Sie bittet zwar nicht darum, aber sicher möchte sie welches.

Ich habe immer noch kein Telefon. Dabei bin ich weiß Gott wie oft dort gewesen, um die Sache zu beschleunigen, aber bisher ist niemand gekommen. Bitte geh doch auch Du mal zu der Telefongesellschaft. Das macht Dir nicht viel Umstände, denn sie ist in Deiner Nähe. Vielleicht kennt Dein Freund Osvaldo, der Dir das Souterrain überlassen hat, jemanden dort. Die Zwillinge behaupten, er hätte dort einen Vetter. Erkundige Dich, ob das stimmt. Es war nett von Osvaldo, Dir das Souterrain mietfrei zu überlassen, aber zum Malen ist es doch sehr dunkel. Am Ende malst Du all diese Eulen, weil Du bei künstlichem Licht malst und glaubst, es sei draußen Nacht. Die Wohnung muß auch feucht sein, ein Glück nur, daß ich Dir diesen deutschen Ofen gekauft habe.

Ich nehme nicht an, daß Du kommst, um mir zum Geburtstag zu gratulieren, denn ich glaube nicht, daß Du daran denkst. Viola und Angelica werden auch nicht kommen. Ich habe gestern mit allen beiden telefoniert, und sie haben gesagt, sie könnten nicht. Das Haus macht mir Freude, auch wenn ich es unpraktisch finde, daß ich von allen so weit entfernt bin. Ich dachte, die Luft hier draußen würde den Zwillingen guttun. Aber die Zwillinge sind den ganzen Tag fort. Sie fahren mit ihren Mofas in die Schule und essen in einer Pizza-Bäckerei in der Stadt. Ihre Aufgaben machen sie bei einer Freundin und kommen erst nach Haus, wenn es dunkel ist. Bis sie wieder hier sind, sorge ich mich um sie, denn ich mag nicht, wenn sie bei Dunkelheit noch unterwegs sind. Seit drei Tagen ist Deine Tante Matilde hier. Sie möchte Deinen Vater besuchen, aber er sagt, er habe keine Lust, sie zu sehen. Ihre Beziehungen sind schon seit Jahren sehr kühl. Ich hatte Matilde geschrieben, sie solle kommen, weil sie mit den Nerven runter und ohne Geld war. Sie hat sich mit Schweizer Papieren verspekuliert. Ich habe ihr vorgeschlagen, den Zwillingen Nachhilfestunden zu geben. Aber die Zwillinge nehmen Reißaus. Ich jedoch muß sie ertragen und weiß nicht, wie ich das aushalten soll. Vielleicht war es falsch von mir, dieses Haus zu kaufen. Manchmal denke ich, daß es ein Fehler war. Ich soll Kaninchen bekommen. Wenn sie da sind, wäre es mir lieb, Du kämest, um Ställe für sie zu bauen. Vorerst kann ich sie im Holzschuppen unterbringen. Die Zwillinge wünschen sich ein Pferd.

Ich will Dir sagen, der Hauptgrund für den Hauskauf war, daß ich Filippo nicht dauernd begegnen wollte. Er wohnt nur ein paar Schritte von der Via dei Villini entfernt, und ich begegnete ihm immerzu. Das war mir unangenehm. Es geht ihm gut. Im Frühjahr bekommen sie ein Kind. Mein Gott, daß immerzu all diese Kinder geboren werden, wo die Leute sie doch so leid sind und sie nicht mehr ertragen können. Es gibt einfach zuviel davon. Jetzt höre ich auf zu schreiben und gebe diesen Brief Matilde mit, die einkaufen geht, während ich zuschauen werde, wie es schneit, oder in Pascals ›Pensées‹ lese.

Deine Mutter«

Als sie den Brief beendet und in einen Umschlag gesteckt hatte, ging sie wieder in die Küche und sagte ihren vierzehnjährigen Zwillingen mit einem Kuß guten Morgen. Bebetta und Nannetta hatten die gleichen blonden Pferdeschwänze, trugen die gleichen dunkelblauen Blazer und die gleichen schottisch karierten Kniestrümpfe und fuhren auf gleichen Mofas in die Schule. Mit einem Kuß begrüßte sie auch ihre Schwägerin Matilde, ein männlich wirkendes, dickes altes Mädchen mit glattem weißem Haar, das ihr ständig übers Auge fiel und das sie dann mit einer herrischen Kopfbewegung zurückwarf. Von dem Dienstmädchen Cloti war noch keine Spur zu sehen. Matilde wollte sie wecken und machte eine Bemerkung darüber, daß Cloti jeden Morgen eine Viertelstunde später aufstehe und sich bitter über die Unebenheiten ihrer Matratze beklage. Schließlich erschien Cloti und huschte in einem sehr kurzen bauschigen himmelblauen Morgenrock und mit offenem grauem Haar, das ihr bis auf die Schultern herabhing, über den Gang. Einen Augenblick später kam sie in einer neuen steifen Kittelschürze von brauner Farbe aus ihrem Badezimmer. Ihr Haar hatte sie mit zwei Kämmen hochgesteckt. Sie begann die Betten zu machen, ließ aber dabei in tiefer Melancholie die Decken über den Boden schleifen und drückte mit jeder Bewegung den Wunsch zu kündigen aus. Matilde warf sich eine Tiroler Kotze über, sagte, sie gehe zu Fuß einkaufen, und pries mit ihrer tiefen männlichen Stimme den Schnee und die gesunde eisige Luft. Sie ordnete an, daß Zwiebeln gekocht würden, die sie in der Küche entdeckt hatte. Sie kenne ein gutes Rezept für Zwiebelsuppe. Cloti bemerkte mit ersterbender Stimme, daß diese Zwiebeln schon ganz verfault seien.

Adriana hatte sich inzwischen angezogen und trug nun tabakfarbene Hosen und einen dicken sandfarbenen Pullover. Sie setzte sich im Wohnzimmer neben den brennenden Kamin, las aber nicht in Pascals »Pensées«. Sie las nicht, schaute aber auch nicht auf den Schnee hinaus, denn plötzlich hatte sie das Gefühl, diese verschneite hügelige Landschaft vor ihren Fenstern zu hassen. Sie stützte ihren Kopf auf die Knie und streichelte ihre Füße und Knöchel in den tabakfarbenen Socken, und so verbrachte sie den ganzen Vormittag.

2

Ein Mann namens Osvaldo Ventura betrat eine Pension an der Piazza Annibaliana. Er war breitschultrig und untersetzt und trug einen Regenmantel. Sein Haar war graublond, seine Gesichtsfarbe blühend, seine Augen gelb. Um seinen Mund lag ständig ein unsicheres Lächeln.

Ein Mädchen, das er kannte, hatte ihn angerufen und gebeten, zu kommen, um sie abzuholen. Sie wolle die Pension verlassen. Jemand überlasse ihr leihweise eine Wohnung in der Via dei Prefetti.

Das Mädchen saß in der Halle. Sie trug einen türkisfarbenen Baumwollpullover, auberginefarbene Hosen und einen schwarzen Kasack, der mit silbernen Drachen bestickt war. Zu ihren Füßen lagen Taschen und Netze und ein Kind in einer Tragetasche aus gelbem Kunststoff.

»Ich warte hier seit einer Stunde wie blöde auf dich«, begrüßte sie den Mann.

Osvaldo packte Taschen und Netze zusammen und trug sie an die Tür.

»Siehst du die Frau mit dem Lockenkopf neben dem Aufzug?« fragte das Mädchen. »Das war meine Zimmernachbarin. Sie war sehr nett zu mir. Ich habe ihr viel zu verdanken. Auch Geld. Lächle ihr zu.«

Osvaldo schenkte der Frau mit dem Lockenkopf ein unsicheres Lächeln.

»Mein Bruder ist gekommen, um mich abzuholen. Ich gehe nach Hause. Morgen bringe ich Ihnen die Thermosflasche und alles andere zurück.« Mara und die Frau mit dem Lockenkopf küßten sich fest auf die Wangen.

Osvaldo hob die Tragetasche mit dem Kind und die übrigen Taschen und Netze vom Boden auf, und sie gingen hinaus.

»Soll etwa ich dein Bruder sein?« fragte er.

»Sie war so nett zu mir. Darum habe ich ihr gesagt, du seiest mein Bruder. Netten Leuten macht es immer Freude, Verwandte kennenzulernen.«

»Bist du ihr viel Geld schuldig?«

»Nur ganz wenig. Willst du es ihr zurückgeben?«

»Nein«, antwortete Osvaldo.

»Ich habe ihr gesagt, daß ich es ihr morgen bringe. Aber das stimmt nicht. Die kriegen mich hier nie wieder zu sehen. Eines Tages überweise ich ihr das Geld telegrafisch.«

»Wann?«

»Sobald ich Arbeit habe.«

»Und die Thermosflasche?«

»Die Thermosflasche gebe ich ihr vielleicht überhaupt nicht zurück. Sie hat sowieso noch eine.«

Osvaldo hatte seinen Fiat 500 auf der anderen Seite des Platzes geparkt. Es schneite und war windig. Mara hielt beim Gehen mit den Händen ihren großen schwarzen Filzhut fest. Sie war brünett, bleich, sehr klein und sehr mager und hatte breite Hüften. Ihr Kasack mit den Drachen flatterte, und ihre Sandalen versanken im Schnee.

»Hattest du nichts Wärmeres anzuziehen?« fragte er sie.

»Nein. Alle meine Sachen sind in einem Koffer. Der steht bei einem befreundeten Ehepaar. In der Via Cassia.«

»Ich habe Elisabetta im Wagen.«

»Elisabetta? Wer ist das?«

»Meine Tochter.«

Elisabetta kauerte auf dem Rücksitz. Sie war neun Jahre alt. Ihr Haar war karottenrot. Sie trug einen dicken Pullover und eine karierte Hemdbluse. Sie hatte ihren Arm um einen Hund gelegt, der ein falbes Fell und lange Ohren hatte. Die Tragetasche mit dem Kind wurde neben sie gestellt.

»Warum hast du dieses Kind und dieses Mistvieh mitgebracht?« fragte Mara.

»Elisabetta war bei ihrer Großmutter, und ich habe sie dort abgeholt.«

»Immer hast du irgendwelche Verpflichtungen, jedem tust du etwas zuliebe. Wann fängst du endlich an, dein eigenes Leben zu leben?«

»Wie kommst du auf den Gedanken, daß ich kein eigenes Leben habe?«

»Elisabetta, halt den Hund fest, damit er mein Kind nicht leckt, verstanden?« unterbrach ihn Mara.

»Wie alt ist dein Kind genau?« fragte Osvaldo.

»Zweiundzwanzig Tage. Weißt du denn nicht mehr, daß es zweiundzwanzig Tage alt ist? Vor zwei Wochen bin ich aus der Klinik gekommen. Die Stationsschwester hat mir diese Pension empfohlen. Aber ich konnte dort nicht bleiben. Es war zu schmutzig. Ich ekelte mich davor, die Matte vor dem Waschtisch mit meinen Füßen zu berühren. Es war eine grüne Gummimatte. Du weißt doch, wie eklig diese grünen Gummimatten in den Pensionen sein können.«

»Ja, das weiß ich.«

»Außerdem war es zu teuer. Und dazu waren sie dort auch noch unfreundlich. Und ich brauche Nettigkeit. Ich habe sie immer gebraucht, aber seit ich das Kind habe, brauche ich sie noch mehr.«

»Das kann ich verstehen.«

»Brauchst du auch Nettigkeit?«

»Ja, schrecklich viel.«

»Sie behaupteten, ich würde zu oft klingeln. Aber ich klingelte nur, weil ich so viele Dinge brauchte. Kochendes Wasser. Und sonst noch manches. Ich füttere nämlich zu. Das ist sehr umständlich. Man muß das Kind wiegen, dann stillen, es noch einmal wiegen und ihm dann die Flasche geben. Ich klingelte zehnmal. Aber kein Mensch kam. Schließlich wurde das kochende Wasser gebracht. Aber ich hatte immer den Verdacht, daß es nicht wirklich gekocht hatte.«

»Du hättest dir doch einen Kocher aufs Zimmer nehmen können.«

»Nein, das war verboten. Aber ich vergaß dauernd etwas. Zum Beispiel die Gabel.«

»Was für eine Gabel?«

»Um die Trockenmilch anzurühren. Ich hatte gesagt, man solle mir jedesmal eine Schüssel, eine Tasse, eine Gabel und einen Löffel bringen. Sie brachten alles in eine Serviette eingewickelt. Und eine Gabel war nie dabei. Wenn ich dann um eine Gabel bat, die abgekocht sein mußte, bekam ich eine unfreundliche Antwort. Manchmal dachte ich, ich hätte verlangen sollen, auch die Serviette auszukochen. Aber ich hatte Angst, daß sie dann fuchsteufelswild geworden wären.«

»Das glaube ich auch, daß sie deswegen fuchsteufelswild geworden wären.«

»Um das Kind zu wiegen, ging ich zu der Frau mit dem Lockenkopf, die du gesehen hast. Auch sie hat ein

Neugeborenes und besitzt eine Säuglingswaage. Aber sie hat mir in aller Freundlichkeit gesagt, ich solle nicht nachts um zwei bei ihr im Zimmer erscheinen. Deshalb mußte ich es nachts nach Gefühl machen. Ich weiß nicht, aber vielleicht hat deine Frau so eine Waage zu Hause.«

»Elisabetta, habt ihr zu Hause eine Säuglingswaage?«

»Ich weiß es nicht. Aber ich glaube nicht.«

»Fast jeder hat doch im Keller eine solche Waage«, wandte Mara ein.

»Ich glaube, wir nicht«, entgegnete Elisabetta.

»Aber ich brauche eine Waage.«

»Du kannst dir doch in der Apotheke eine mieten«, schlug Osvaldo vor.

»Wie soll ich denn eine mieten, wo ich doch keinen roten Heller habe?«

»Was für eine Arbeit willst du dir denn suchen?« fragte er.

»Das weiß ich nicht. Vielleicht kann ich in deinem Lädchen alte Bücher verkaufen.«

»Nein. Das auf keinen Fall.«

»Und warum nicht?«

»Weil der Laden nur ein Loch ist. Man kann sich darin nicht rühren. Und ich habe dort schon eine Hilfe.«

»Die habe ich gesehen. Eine richtige Kuh.«

»Frau Peroni war früher Gouvernante im Elternhaus meiner Frau.«

»Eine Kuh bleibt sie trotzdem.«

Inzwischen waren sie in Trastevere auf einem Plätzchen mit Brunnen angekommen. Elisabetta stieg mit dem Hund aus.

»Ciao, Elisabetta«, rief Osvaldo ihr nach.

Elisabetta verschwand in einem roten Mietshaus.

»Sie hat kaum ein Wort gesprochen«, bemerkte Mara.
»Sie ist eben schüchtern.«
»Schüchtern und schlecht erzogen. Mein Kind hat sie nicht einmal angeschaut. Als ob es gar nicht da wäre. Die Farbe deines Hauses gefällt mir übrigens nicht.«
»Das ist nicht mein Haus. Dort wohnt nur meine Frau mit Elisabetta. Ich lebe allein.«
»Das weiß ich. Ich hatte es nur vergessen. Du redest so viel von deiner Frau, deshalb denkt man nicht daran, daß du allein lebst. Aber du könntest mir deine private Telefonnummer geben. Ich habe nur die von deinem Laden. Die von zu Hause könnte ich nachts mal brauchen.«
»Ich flehe dich an, mich nachts nicht anzurufen. Ich schlafe ohnehin schlecht.«
»Du hast mich nie in deine Wohnung mitgenommen. Im letzten Sommer, als wir uns auf der Straße begegneten und ich diesen wahnsinnig dicken Bauch hatte, sagte ich dir, ich würde gern duschen. Aber du behauptetest, in deiner Gegend liefe das Wasser nicht.«
»Das war wirklich so.«
»Ich wohnte damals bei Nonnen, bei denen man nur sonntags duschen konnte.«
»Wieso bist du denn bei Nonnen gelandet?«
»Weil das billig war. Erst wohnte ich in der Via Cassia. Dann habe ich mit meinen Freunden dort Krach bekommen. Sie waren wütend, weil ich ihnen eine Filmkamera kaputtgemacht hatte. Sie meinten, ich solle nach Novi Ligure zu meinen Verwandten zurückkehren. Sie haben mir auch das Geld für die Reise gegeben. Sie sind keine schlechten Menschen. Aber was sollte ich in Novi Ligure anfangen? Meine Verwandten wußten schon lange nichts mehr von mir. Wenn ich dort mit meinem

Bauch aufgekreuzt wäre, hätte sie der Schlag getroffen. Außerdem sind sie selbst schon so viele und haben kein Geld. Aber er ist besser als sie.«

»Wer ist besser?«

»Er. Der in der Via Cassia wohnt. Seine Frau hängt am Geld. Er ist netter. Er arbeitet beim Fernsehen. Er hat mir gesagt, sobald ich das Kind hätte, würde er mir dort eine Stellung besorgen. Vielleicht rufe ich ihn an.«

»Warum nur vielleicht?«

»Weil er mich gefragt hat, ob ich gut Englisch kann, und ich ja gesagt habe. Dabei kann ich kein Wort Englisch.«

Die Wohnung in der Via dei Prefetti bestand aus drei hintereinanderliegenden Räumen. Der letzte hatte eine Balkontür mit zerrissenen Gardinen. Der Balkon davor ging auf einen Hof hinaus. Auf einem Wäschetrockner hing ein Nachthemd aus blaßlila Flanell.

»Dieser Wäschetrockner kommt mir gerade recht«, sagte Mara.

»Wem gehört denn das Nachthemd?« fragte Osvaldo.

»Mir nicht. Ich bin noch nie hier gewesen. Die Wohnung gehört einer Bekannten von mir. Sie braucht sie nicht. Wem das Nachthemd gehört, weiß ich nicht. Ihr jedenfalls nicht, denn sie trägt keine Flanellhemden. Sie trägt überhaupt kein Nachthemd, sondern schläft nackt. Irgendwo hat sie nämlich gelesen, die Finninnen schliefen nackt und wären deshalb so abgehärtet.«

»Hast du die Wohnung genommen, ohne sie dir vorher anzuschauen?«

»Ja, sicher. Ich brauche doch nichts dafür zu bezahlen. Ich bekomme sie mietfrei. Meine Freundin überläßt sie mir so.«

Im letzten Zimmer standen ein runder Tisch mit einem rotweiß gewürfelten Wachstuch darauf und ein zweischläfriges Bett mit einer Decke aus blaßlila Chenille. Der Raum davor enthielt einen Herd, einen Waschtisch, einen Besen, einen Wandkalender und auf dem Boden Teller und Töpfe. Der Raum, den man als ersten betrat, war leer.

»Du kannst mal Wasser aufstellen«, sagte Mara. »Es ist alles da, was ich brauche. Jedenfalls hat man mir das gesagt. Eine Schüssel. Eine Tasse. Eine Gabel. Ein Löffel.«

»Ich sehe keine Gabeln.«

»Du lieber Himmel. Mit Gabeln habe ich wirklich Pech. Dann rühre ich die Milch eben mit dem Löffel an.«

»Ich sehe auch keine Löffel. Nur Messer.«

»Mein Gott. Aber ich habe einen Plastiklöffel. Den hat mir die Lockige geschenkt. Nur daß man ihn nicht abkochen kann. Dann löst er sich nämlich auf. Das ist das Dumme bei Kunststoff.«

Sie nahm das Kind aus der Tragetasche und legte es aufs Bett. Es war ein Kind mit langem schwarzem Haar, von oben bis unten in ein geblümtes Handtuch gewickelt. Als es sich reckte, kamen darunter zwei Füße in riesigen blauen Pampuschen hervor.

»Mit Stühlen hast du auch Pech«, sagte Osvaldo, trat auf den Balkon und holte einen Sessel herein, dessen Segeltuchbespannung zerrissen war.

»Ich habe mit allem Pech.« Mara hatte sich auf das Bett gesetzt, den Pullover ausgezogen und stillte das Kind.

»Gewogen hast du es aber nicht«, bemerkte er.

»Wie soll ich es denn wiegen, wenn ich keine Waage habe? Ich muß es eben nach Gefühl machen.«

»Soll ich in eine Apotheke gehen und dir eine Waage mieten?«

»Bist du gewillt, die Miete dafür zu bezahlen?«

»Ja, dazu bin ich gewillt.«

»Ich dachte, du wärest knickerig. Du hast doch immer behauptet, du wärest arm und knickerig. Du hast behauptet, du besäßest gar nichts, und selbst das Bett, in dem du nachts schläfst, gehöre deiner Frau.«

»Ich bin auch arm und knickerig. Aber gewillt, dir die Miete für eine Waage zu bezahlen.«

»Später. Das kannst du später tun. Jetzt bleib bloß auf dem Sessel sitzen. Ich habe gern jemanden in meiner Nähe, wenn ich die Trockenmilch anrühre. Denn ich habe immer Angst, dabei etwas falsch zu machen. Daß Klümpchen entstehen. In der Pension hatte ich die Frau mit dem Lockenkopf. Wenn ich nach ihr rief, kam sie sofort. Nur nachts nicht.«

»Ich kann aber nicht in alle Ewigkeit hierbleiben«, wandte Osvaldo ein. »Nachher muß ich zu meiner Frau.«

»Ihr lebt doch getrennt. Was hast du dann bei deiner Frau zu suchen?«

»Ich gehe zu ihr, um ein bißchen mit dem Kind zusammen zu sein. Ich besuche sie fast jeden Tag.«

»Warum habt ihr euch denn getrennt?«

»Weil wir zu verschieden sind, um zusammen zu leben.«

»Inwiefern verschieden?«

»Eben verschieden. Sie reich. Ich arm. Sie sehr aktiv. Ich faul. Sie mit ihrem Einrichtungsfimmel.«

»Und du ohne.«

»Ja, ich ohne Einrichtungsfimmel.«

»Als ihr heiratetet, hast du da gehofft, reicher und weniger faul zu werden?«

»Ja. Oder vielleicht hoffte ich auch, daß sie fauler und ärmer würde.«

»Und daraus wurde nichts.«

»Nein, gar nichts. Ein bißchen Mühe hat sie sich zwar gegeben, um fauler zu werden. Aber sie litt darunter. Selbst wenn sie im Bett lag, schmiedete sie dauernd Pläne. Und ich hatte das Gefühl, einen brodelnden Topf neben mir zu haben.«

»Was für Pläne hatte sie denn?«

»Oh, an Plänen fehlt es ihr nie. Häuser in Ordnung bringen. Alte Tanten einrichten. Möbel anstreichen. Aus Garagen Bildergalerien machen. Hunde mit anderen Hunden verkuppeln. Möbelbezüge färben.«

»Und was hast du unternommen, um weniger faul und reicher zu werden?«

»Anfangs habe ich mich ein bißchen bemüht, etwas reicher zu werden. Aber diese Bemühungen waren recht lahm und unbeholfen. Doch ihr ging es gar nicht so sehr darum, daß ich Geld verdiente. Sie wollte, daß ich Bücher schriebe. Das wollte sie. Davon sprach sie. Das erwartete sie. Und für mich war das schrecklich.«

»Du hättest doch nur zu sagen brauchen, daß du keine Bücher schreiben willst.«

»Ich war nicht so sicher, daß ich das nicht wollte. Manchmal dachte ich, ich würde sie schreiben, wenn sie das nur nicht erwartet hätte. Aber ich spürte allenthalben ihre beharrliche, wohlwollende gewaltige Erwartung. Selbst im Schlaf lastete sie auf mir. Das brachte mich um.«

»Und da hast du dich aus dem Staube gemacht.«

»Alles hat sich in unglaublicher Ruhe vollzogen. Eines Tages habe ich ihr einfach gesagt, ich wollte wieder allein leben. Das schien sie nicht zu überraschen. Schon seit geraumer Zeit hatte sie ihre Erwartungen aufgegeben. Alles in allem war sie sich gleich geblieben, nur daß sich in ihren Mundwinkeln zwei kleine Falten gebildet hatten.«

»Und das Lädchen? Gehört auch das Lädchen deiner Frau?«

»Nein, das gehört einem Onkel von mir, der in Varese lebt. Aber ich führe es schon so lange, daß es mir vorkommt, als gehöre es mir.«

»Bücher hast du trotzdem nicht geschrieben, als du wieder allein lebtest. Bücher kannst du anscheinend nur verkaufen, und zwar die von anderen.«

»Bücher habe ich trotzdem nicht geschrieben, das stimmt. Woher weißt du das?«

»Das hat mir Michele erzählt. Er hat mir gesagt, daß du faul bist und nichts schreibst.«

»Das stimmt.«

»Ich wollte, deine Frau käme hierher und richtete mir diese Wohnung ein.«

»Meine Frau?«

»Ja, deine Frau. Wenn sie Garagen umbaut, könnte sie doch auch hier alles verändern.«

»Meine Frau? Die käme sofort und brächte die Maurer gleich mit. Und die Elektriker auch. Aber sie würde auch dein Leben umkrempeln. Das Kind würde sie in eine Krippe stecken. Dich in eine englische Sprachschule. Sie würde dir keinen Frieden lassen. Die Sachen, die du trägst, würde sie wegwerfen. Den Kasack mit den Drachen in eine Mülltonne.«

»Dabei ist er doch so hübsch.«

»Aber er ist nicht ihr Stil. Nein, der Kasack mit den Drachen ist wahrhaftig nicht Adas Stil.«

»Die Lockige hat mir gesagt, ich könnte vielleicht mit ihnen nach Trapani gehen. Ihr Mann will dort einen Schnellimbiß aufmachen. Wenn ihm das glückt, stellen sie mich an. Sie brauchen nämlich jemanden für die Buchführung.«

»Verstehst du denn etwas von Buchführung?«

»Das tut doch fast jeder.«

»Aber du vielleicht nicht.«

»Die Lockige meint, ich verstünde genug davon. Sie würden mir ein Zimmer in ihrer Wohnung über dem Schnellimbiß geben. Außer um die Buchführung müßte ich mich um den Haushalt kümmern und für ihr und mein Kind sorgen. Der Schnellimbiß liegt in der Nähe des Bahnhofs. Mit so einem Schnellimbiß kann man manchmal Milliarden verdienen.«

»Bist du je in Trapani gewesen?«

»Noch nie. Die Lockige fürchtet sich ein bißchen davor. Sie weiß nicht, ob sie sich in Trapani wohl fühlen wird. Und sie weiß auch nicht, ob es mit dem Schnellimbiß klappen wird. Ihr Mann hat schon mit zwei Restaurants Bankrott gemacht. Das Geld gehört ihr. Sie ist mit ihrem Mann auch bei einem Hellseher gewesen. Der hat gesagt, sie sollten sich vor Städten im Süden hüten.«

»Und nun?«

»Nun? Es bleibt dabei. Aber sie hat Herzanfälle bekommen und meint, es wäre ein großer Trost für sie, mich bei sich zu haben. Wenn mir nichts anderes einfällt, gehe ich zu ihnen.«

»Das würde ich dir nicht raten.«

»Kannst du mir sonst was raten?«

»Nein, ich kann dir nichts raten. Ich gebe niemandem Ratschläge.«

»Siehst du heute abend Michele?«

»Das weiß ich noch nicht. Du erwartest doch nicht etwa Ratschläge von Michele?«

»Nein. Aber ich würde mich freuen, wenn er herkäme. Ich habe ihn schon so lange nicht mehr gesehen. Ich habe ihn einmal in seinem Souterrain besucht. Als ich noch meinen Bauch hatte. Ich sagte ihm, ich würde gern duschen, aber er behauptete, es gäbe kein warmes Wasser bei ihm und kaltes Wasser täte mir seiner Ansicht nach nicht gut.«

»Mit dem Duschen hast du auch Pech.«

»Ich weiß nichts, womit ich nicht Pech hätte. Als das Kind kam, habe ich ihn angerufen. Er sagte, er würde mich besuchen. Aber das hat er nicht getan. Nun habe ich vor ein paar Tagen seiner Mutter geschrieben.«

»Du hast seiner Mutter geschrieben? Wie bist du denn darauf gekommen?«

»Nur so. Weil ich sie kenne. Ich habe sie mal gesehen. In meinem Brief habe ich die Adresse der Pension angegeben. Damals dachte ich, ich würde dort bleiben. Aber dann habe ich es mir anders überlegt. Ich habe der Lokkigen gesagt, wenn Post für mich kommt, soll sie sie in deinen Laden weiterschicken. Meine hiesige Adresse wollte ich ihr nämlich nicht geben. Sonst kommt sie am Ende noch her. Ich habe sie nämlich ein bißchen angelogen. Ich habe ihr erzählt, ich zöge in eine wonnige Wohnung, die teils Ziegel-, teils Teppichböden hätte. Ich habe behauptet, ich ginge zu meinem Bruder, der Antiquitätenhändler sei. Ich habe dich zum Antiquitätenhändler gemacht. Dabei bist du doch nur Antiquar.«

»Vor allem hast du mich zu deinem Bruder gemacht.«

»Ja. Tatsächlich habe ich einen Bruder, aber der ist noch klein. Er ist elf Jahre alt und heißt Paolo. Er lebt bei meinen Verwandten. Das Kind habe ich Paolo Michele genannt. Weißt du, ich könnte Michele ja einen Prozeß machen. Weil ich minderjährig bin. Wenn ich Michele einen Prozeß machte, müßte er mich heiraten.«

»Möchtest du Michele denn heiraten?«

»Nein. Das käme mir vor, als würde ich meinen kleinen Bruder heiraten.«

»Warum willst du ihm dann einen Prozeß machen?«

»Ich will ihm gar keinen Prozeß machen. Auch im Traum nicht. Ich sage nur, wenn ich wollte, könnte ich. Sieh doch mal nach, ob das Wasser kocht.«

»Das kocht schon seit einer Weile.«

»Dann stell es ab.«

»Du bist doch nicht minderjährig. Sondern zweiundzwanzig Jahre. Das habe ich auf deinem Personalausweis gesehen.«

»Ja, das stimmt. Im März werde ich dreiundzwanzig. Aber wieso hast du meinen Personalausweis gesehen?«

»Den hast du mir doch selbst gegeben. Als du mir zeigen wolltest, wie schlecht das Foto ist.«

»Richtig. Jetzt erinnere ich mich daran. Ich lüge eben oft.«

»Ich finde, du lügst auch, wenn es nicht nötig ist.«

»Manchmal ist es aber nötig. Jedenfalls habe ich manchmal dafür meine Gründe. Als ich der Lockigen erzählte, hier gäbe es Teppichböden, wollte ich, daß sie mich beneidete. Ich hatte genug davon, ihr leidzutun. Man kriegt einfach genug davon, den Leuten immer leidzutun. Und manchmal ist man so runter, daß einem nichts übrigbleibt als Lügengeschichten zu erfinden, um sich wieder besser zu fühlen.«

»Du hast mir gesagt, du wüßtest nicht, ob das Kind von Michele ist.«

»Das weiß ich wirklich nicht. Ich bin nicht hundertprozentig sicher. Es könnte von ihm sein. Aber damals bin ich mit so vielen Männern ins Bett gegangen. Ich weiß selbst nicht, was mit mir los war. Als ich dann merkte, daß ich schwanger war, dachte ich, daß ich dieses Kind wollte. Ich war ganz sicher, daß ich es wollte. Noch nie war ich einer Sache so sicher. Ich schrieb meiner Schwester in Genua, und sie schickte mir Geld für eine Abtreibung. Da habe ich ihr geschrieben, das Geld behielte ich, aber abtreiben wolle ich nicht. Sie antwortete, ich sei verrückt.«

»Kannst du deine Schwester nicht kommen lassen? Hast du denn keinen Menschen, den du kommen lassen kannst?«

»Meine Schwester hat jetzt einen Landwirtschaftsberater geheiratet. Ich schrieb ihr nach der Geburt des Kindes. Geantwortet hat er mir, der Landwirtschaftsberater, den ich noch nie im Leben gesehen hatte. Er schrieb, sie gingen nach Deutschland. Und ich solle mich zum Teufel scheren. Nicht wörtlich, aber dem Sinn nach.«

»Ich verstehe.«

»Wenn eine Frau ein Kind gekriegt hat, möchte sie es am liebsten aller Welt zeigen. Deshalb würde es mich freuen, wenn Michele es sich anschaute. Wir sind doch so befreundet. Wir haben so herrliche Tage miteinander verbracht. Er kann so lustig sein. Ich ging auch mit anderen Männern, aber nur mit ihm war es lustig. Aber ihn heiraten, ich bitte dich! Das käme mir nie in den Sinn.

Ich bin auch nicht in ihn verliebt. Verliebt war ich überhaupt nur einmal, in Novi Ligure, in den Mann meiner Cousine.

Ins Bett gegangen bin ich aber nie mit ihm. Schon weil meine Cousine dauernd da war.«

»Michele sagt, er wird Geld für dich besorgen. Er wird seine Angehörigen darum bitten. Und er wird auch kommen. Früher oder später wird er auch kommen. Aber er sagt, er fürchtet sich vor Neugeborenen.«

»Das Geld nehme ich. Ich weiß, er hat dir gesagt, du sollst nett mit mir sein. Aber du wärest auch nett, wenn er es dir nicht gesagt hätte. Du bist von Natur nett. Merkwürdig, daß ich nie mit dir geschlafen habe. Es wäre mir nie in den Sinn gekommen. Und dir wohl auch nicht. Manchmal frage ich mich, ob du am Ende schwul bist. Aber eigentlich glaube ich es nicht.«

»Nein, das bin ich nicht.«

»Aber es kommt dir auch nicht in den Sinn, mit mir zu schlafen.«

»Nein, das kommt mir nicht in den Sinn.«

»Findest du mich denn häßlich?«

»Nein.«

»Hübsch?«

»Hübsch.«

»Aber nicht anziehend? Ich lasse dich kalt?«

»Ehrlich gesagt, ja.«

»Dich soll der Teufel holen. So was läßt man sich doch nicht gern sagen.«

»Das Kind schläft. Es hat aufgehört zu trinken.«

»Ach ja, ein schreckliches Kind.«

»Gar kein schreckliches Kind. Es schläft ja dauernd.«

»Auch wenn es schläft, bleibt es schrecklich. Ich weiß,

daß ich mir damit einen Klotz ans Bein gebunden habe. Glaub nur nicht, daß ich das nicht weiß.«

»Was ist denn jetzt mit dir los? Du fängst doch nicht etwa an zu weinen?«

»Geh, die Milch anrühren.«

»Ich habe mein Lebtag noch keine Milch angerührt.«

»Das macht doch nichts. Du brauchst ja bloß die Gebrauchsanweisung auf der Dose zu lesen. Mein Gott, so hilf mir doch.«

3

den 3. Dezember 70

Lieber Michele,
Gestern abend war Osvaldo hier und hat mir gesagt, daß Du nach London abgereist bist. Das hat mich erschreckt und erschüttert. Osvaldo sagte, Du hättest einen Augenblick bei Deinem Vater hereingeschaut, um Dich zu verabschieden, aber er hätte geschlafen. Hereingeschaut! Was heißt denn hereingeschaut? Du bist Dir wohl nicht darüber im klaren, wie schlecht es Deinem Vater geht. Dieser Povo oder Covo hat gesagt, er müsse noch heute in die Klinik.

Du hättest doch Hemden und Wollzeug gebraucht. Osvaldo sagt, Du dächtest daran, den ganzen Winter fortzubleiben. Warum hast du mich denn nicht angerufen? Du hättest mich doch nur zur öffentlichen Fernsprechstelle im Dorf holen lassen müssen, wie Du es sonst auch getan hast. Wenn ich hier nicht bald ein Telefon bekomme, werde ich noch verrückt. Ich wäre zum Flughafen gekommen und hätte Dir Deine Sachen gebracht. Osvaldo sagt, Du seiest in Kordsamthosen und Deinem roten Pullover gewesen und hättest nichts oder fast nichts zum Wechseln mitgenommen. Deine ganze Wäsche, sagt Osvaldo, die saubere und die schmutzige, sei in Deinem Souterrain zurückgeblieben. Er konnte sich nicht daran erinnern, ob Du Deinen Lodenmantel dabei hattest oder nicht. Plötzlich ist ihm dann eingefallen, daß Du ihn dabei hattest. Das war für mich wenigstens ein kleiner Trost.

Er sagt, Du seiest frühmorgens bei ihm erschienen. Seiner Ansicht nach hättest Du Dich schon seit längerem mit dem Gedanken getragen, nach London zu gehen, um dort eine Bildhauerschule zu besuchen. Denn von all Deinen Eulen hättest Du schon seit geraumer Zeit genug. Das kann ich verstehen. Ich schreibe Dir an die Adresse, die Osvaldo mir gegeben hat, auch wenn er behauptet, dort seiest Du nur vorübergehend zu erreichen. Die Tatsache, daß Osvaldo die ältere Dame wenigstens flüchtig kennt, die Dir ein Zimmer gibt, beruhigt mich ein bißchen, aber nur ein ganz kleines bißchen. Glaube nur nicht, ich hätte nicht begriffen, daß Du auf der Flucht bist. Schwachsinnig bin ich nämlich nicht. Schreib mir bitte sofort und erkläre mir klipp und klar, vor wem oder was Du geflohen bist.

Nun bist Du jedenfalls fort. Ich habe Osvaldo die dreihunderttausend Lire zurückgegeben, die er Dir geliehen hat. Das heißt, ich habe sie seiner Frau zurückgegeben. Ich habe einen Scheck auf ihren Namen ausgestellt. Osvaldo sagt, seine Frau habe immer Bargeld im Haus, sonst hättest Du nicht abreisen können, weil es Samstag war. Osvaldo ist abends um zehn bei mir erschienen. Er war todmüde, weil er sich wegen Deines abgelaufenen Passes auf dem Polizeipräsidium herumgeschlagen und Dich dann nach Fiumicino gebracht hatte. Danach mußte er sich außerhalb von Rom auf die Suche nach irgendeinem Auto seiner Frau machen, das Du weiß Gott wem geliehen hattest. Er hatte noch nicht Abendbrot gegessen, und ich hatte nichts im Haus als verschiedenerlei Käse, den Matilde vormittags auf dem Supermarkt gekauft hatte. Diesen Käse habe ich ihm vorgesetzt, und er hat ihn bis auf den letzten Happen verschlungen. Matilde verwickelte ihn in ein Gespräch über die französischen Impressionisten. Sie warf ihren Schopf hin und her, rauchte aus ihrer Zigarettenspitze und wanderte mit den Händen in den Taschen ihrer Strickjacke im Zimmer auf und ab. Ich hätte sie umbringen können. Ich wartete nur darauf, daß sie schlafen ging, um Osvaldo nach Dir ausfragen zu können. Auch die Zwillinge waren noch auf und spielten Tischtennis. Schließlich sind sie dann doch alle schlafen gegangen.

Ich habe ihn gefragt, ob Du wegen der Mara Castorelli, die mir geschrieben hat, fortgegangen bist, und ob ihr Kind von Dir ist. Osvaldo sagte, das Kind sei nicht von Dir. Seiner Ansicht nach hat Deine Abreise nichts mit diesem Mädchen zu tun. Er sagt, sie sei nur ein armes, konfuses Mädchen, das kein Geld, keine Wolldecke und keinen einzigen Stuhl hat, und er möchte ihr Decken und Stühle aus Deinem Souterrain bringen, von denen dort doch niemand mehr etwas hätte. Er hat mich gefragt, ob er ihr auch den grünen Ofen mit den Ornamentfriesen geben dürfe, das heißt also den deutschen Ofen. Ich habe ihm gesagt, daß das Rohr aus der Mauer gebrochen werden müsse und daß das vielleicht schwierig sei. Ich erinnere mich an den Tag, an dem ich ihn für Dich gekauft habe, und deshalb hänge ich an ihm. Du wirst es sicher töricht finden, daß man einen Ofen lieben kann. Osvaldo hat mir erzählt, Du hättest nie Feuer darin gemacht, weil Du immer vergessen hättest, Brennholz dafür zu bestellen, und Du hättest statt dessen einen elektrischen Ofen benutzt. Schließlich habe ich ihm gesagt, er könne mit den Stühlen und dem Ofen machen, was er wolle. Ich habe ihn gefragt, ob Du etwa Kontakt zu gefährlichen politischen Gruppen gehabt hättest. Ich habe nämlich immer schreckliche Angst, daß Du eines Tages noch bei den Tupamaros landest. Er sagte, er wisse nicht, mit wem Du in letzter Zeit zusammengewesen seiest. Er meinte, es sei nicht ausgeschlossen, daß Du vor irgend etwas Angst gehabt hast. Aber er hat sich darüber nicht deutlich ausgesprochen.

Ich weiß nicht recht, ob er mir sympathisch ist. Nett ist er jedenfalls. So nett, daß es einem beinahe widersteht, wie wenn man zuviel Marmelade gegessen hat. Und dann sieht er so blühend aus und lacht dauernd. Dabei weiß ich wahrhaftig nicht, was es dauernd zu lachen gäbe. Wenn ich ihn mir so ansah, hatte ich manchmal den Verdacht, er könne homosexuell sein. Ich habe nie begriffen, wieso ihr eigentlich so befreundet wart, Du, ein Junge, und er ein Mann von sechsunddreißig oder achtunddreißig Jahren. Aber Du wirst finden, daß meine Ängste um Dich keine Grenzen kennen.

Er hat keinen Vetter bei der Telefongesellschaft, aber anscheinend kennt Ada, seine Frau, jemanden dort. Er hat mir versprochen, sie danach zu fragen. Ich weiß wirklich nicht, was wir ohne diese Ada täten. Sie hat Dir das Geld für Deine Abreise gegeben. Sie hat jemanden auf dem Polizeipräsidium angerufen, ich weiß nicht, was Du sonst ohne Paß hättest anfangen wollen. Du solltest ihr schreiben und Dich bei ihr bedanken. Osvaldo erzählte mir, sie sei schon auf den Beinen gewesen, als er morgens um sieben zu ihr gekommen sei. Sie habe ihren Fußboden mit Petroleum geputzt. Auch ich habe hier Ziegelböden, aber wir haben sie noch nie mit Petroleum geputzt. Deshalb glänzen sie auch nicht. Ich glaube, Cloti wischt sie nicht einmal feucht auf.

Vorgestern vormittag ist Matilde mit mir bei Deinem Vater gewesen. Als wir kamen, saß er aufrecht im Bett, rauchte und telefonierte, darum hat sie im ersten Augenblick auch nicht gemerkt, wie krank er ist. Er telefonierte mit seinem Architekten. Ich weiß nicht, ob Du weißt, daß Dein Vater eine Woche, ehe er krank wurde, auf der Isola del Giglio einen Turm gekauft hat. Er hat dafür nur eine Million bezahlt, jedenfalls behauptet er das. Wenn ich recht verstanden habe, handelt es sich um einen verfallenen Turm, der voll von Brennesseln und Kreuzottern sein muß. Dein Vater hat sich in den Kopf gesetzt, in ihn unzählige Bäder und Toiletten einbauen zu lassen. Er hat mit seiner krächzenden Stimme weitertelefoniert und hat Matilde nur zugewinkt. Matilde hat ein pikiertes Gesicht aufgesetzt und hat angefangen, in einer Illustrierten zu blättern. Als Dein Vater den Hörer aufgelegt hatte, sagte er zu Matilde, er fände sie sei sehr dick geworden. Dann ist er gleich auf eine Geschichte von vor drei Jahren zu sprechen gekommen, als Matilde ihn gebeten hatte, das Manuskript ihres Romans »Polenta und Gift« zu lesen. Er hatte es in Florenz in einer Bar am Hauptbahnhof liegenlassen. Es war ihre einzige korrigierte Reinschrift, die in einem blauen Aktendeckel steckte, und Matilde hat an die Bar geschrieben, aber der blaue Aktendeckel ist nicht wieder zum Vorschein gekommen. So hat sie die Lust verloren, ihr Exemplar noch einmal zu korrigieren und ins Reine zu tippen, weil sie entmutigt und enttäuscht war. Daß Dein Vater den blauen Aktendeckel in einer Bar liegengelassen hatte, empfand sie als Ausdruck seiner Mißachtung. Zu allem Unglück haben sie sich dann noch wegen des Wingerts in der Nähe von Spoleto gestritten, der ihnen gemeinsam gehörte. Sie hatte ihn verkaufen wollen, und Dein Vater war dagegen gewesen. Dein Vater sagte an diesem Vormittag, daß er den blauen Aktendeckel habe liegenlassen, tue ihm leid, aber »Polenta und Gift« sei ohnehin ein läppischer Roman gewesen, und es sei besser, die ganze Geschichte zu begraben. Dann bekam er einen Schmerzanfall, einen Anfall von Übelkeit und Schmerzen. In diesem Augenblick erschien der Architekt, der sich um den Turm kümmert, aber Dein Vater hatte keine Lust, die Majolika-Fliesen anzuschauen und zu sagen, ob ihm die mit blauem oder mit braunem Blümchen besser gefielen. Dieser Architekt ist zwei Meter groß. Mir kam er dumm vor. Er sah vollkommen verstört aus. Wir sagten ihm, er solle später wiederkommen. So hat er die Fliesen in seine Tasche gestopft, seinen Regenmantel ergriffen und ist auf und davon.

Du mußt mir sofort schreiben, denn ich brauche Deine endgültige Adresse. Ich denke daran, Dir mit jemandem, der ohnehin nach London reist, Deine Sachen und Geld zu schicken. Ich werde schon jemanden ausfindig machen. Vorläufig schreibe ich Dir noch an Deine jetzige Adresse. Ich werde Dir Nachricht geben, wie es Deinem Vater geht. Ich glaube, ich sage ihm, Du hättest in aller Eile abreisen müssen, weil die Anmeldefrist an der Bildhauerschule ablief. Im übrigen hält er Dich ja für einen außerordentlich umsichtigen Menschen. Alles, was Du tust, erscheint ihm immer als die einzig richtige Lösung.

Inzwischen habe ich die Kaninchen bekommen. Vier an der Zahl. Ich habe einen Schreiner bestellt, damit er mir die Ställe baut. Ich habe mir ja gleich gedacht, daß ich diesen kleinen Gefallen von Dir nicht erwarten durfte. Ich verstehe, daß das vielleicht nicht Deine Schuld ist. Aber alles verläuft immer so, daß ich auf die kleinste Gefälligkeit deinerseits verzichten muß.

Deine Mutter.

4

London, den 3. Dezember 70

Liebe Angelica,
Ich bin in aller Eile abgereist, weil ich nachts einen Anruf bekam, Anselmo sei festgenommen worden. Vom Flughafen habe ich noch versucht, Dich telefonisch zu erreichen, was mir aber nicht gelang.

Ich gebe diesen Brief einem Jungen mit, der ihn Dir persönlich aushändigen wird. Der Junge heißt Ray, und ich habe ihn hier kennengelernt. Er stammt aus Ostende. Es ist Verlaß auf ihn. Laß ihn bei Dir wohnen, wenn Du ein Bett frei hast. Er soll ein paar Tage in Rom bleiben.

Geh bitte sofort in meine Wohnung. Laß Dir unter einem Vorwand von Osvaldo den Schlüssel geben. Sag ihm, Du müßtest dort nach einem Buch suchen. Sag ihm, was Du willst. Ich vergaß zu erwähnen, daß Du einen Handkoffer oder eine große Reisetasche mitnehmen mußt. In meinem Ofen liegt, in ein Handtuch gewickelt, eine auseinandergenommene Maschinenpistole. Bei meiner Abreise habe ich sie total vergessen. Das kommt Dir vielleicht seltsam vor, aber so ist es. Ein Freund von mir, er heißt Oliviero, hat sie mir vor ein paar Wochen eines Abends gebracht, weil er befürchtete, die Polizei könne bei ihm erscheinen. Ich habe ihm gesagt, er solle sie in den Ofen stecken. In diesem Ofen habe ich nie Feuer gemacht. Es ist ein Holzofen, und ich hatte nie Holz. Danach habe ich vergessen, daß die MP in meinem Ofen versteckt war. Erst im Flugzeug ist es mir plötzlich eingefallen. Hoch oben in der Luft. Siedendheiß ist mir der Schweiß ausgebrochen. Es heißt immer, Angstschweiß sei kalt. Aber das stimmt nicht. Manchmal ist er auch siedendheiß. Ich habe meinen Pullover ausziehen müssen. Nimm die MP und steck sie in den Koffer oder die Tasche, die Du mitgenommen hast. Gib sie jemand Unverdächtigem. Zum Beispiel der Frau, die bei Dir saubermacht. Du kannst sie aber auch Oliviero zurückgeben, Oliviero Marzullo. Seine Adresse weiß ich nicht, aber Du wirst sie schon ausfindig machen. Wenn ich es mir recht überlege, ist die MP aber so alt und rostig, daß Du sie genausogut in den Tiber werfen kannst. Osvaldo gebe ich diesen Auftrag nicht. Ich gebe ihn Dir. Es wäre mir überhaupt lieber, wenn Osvaldo nichts davon erführe. Ich möchte nicht, daß er mich für einen kompletten Trottel hält. Wenn Du aber Lust hast, ihm davon zu erzählen, kannst Du es ruhig tun. Im Grunde ist es mir einerlei, ob er mich für einen Trottel hält.

Natürlich war mein Paß abgelaufen. Natürlich wurde er mit Osvaldos Hilfe verlängert. Und das alles in wenigen Stunden. Auf dem Flughafen war auch Gianni, und wir haben uns gestritten, weil es seiner Ansicht nach in unserer Gruppe einen faschistischen Spitzel gibt. Ja, vielleicht sogar mehr als einen. Ich bin sicher, daß er sich das nur einbildet. Gianni geht nicht von Rom fort. Er wird nur jede Nacht woanders schlafen.

Vor meiner Abreise habe ich einen Augenblick bei unserem Vater hereingeschaut. Osvaldo wartete im Auto auf mich. Unser Vater schlief fest. Er kam mir sehr alt und sehr krank vor.

Mir geht es gut. Ich habe ein langes, schmales Zimmer mit zerrissenen Tapeten. Die ganze Wohnung ist lang und schmal. Es gibt einen Korridor, und von diesem Korridor gehen die Schlafzimmer ab. Wir sind hier zu fünft in Pension. Ich zahle dafür vier Pfund in der Woche. Die Wohnungsinhaberin ist eine rumänische Jüdin, die Hautkrem verkauft.

Wenn Du kannst, besuche doch eine Bekannte von mir, die in der Via dei Prefetti wohnt. An die Hausnummer erinnere ich mich nicht. Osvaldo weiß sie. Das Mädchen heißt Mara Castorelli. Sie hat vor kurzem ein Kind bekommen. Ich hatte ihr Geld für eine Abtreibung gegeben, aber sie hat nicht abgetrieben. Das Kind könnte von mir sein, denn ich habe ein paarmal mit ihr geschlafen. Aber sie hatte viele Männer. Wenn Du kannst, gib ihr ein bißchen Geld.

              Michele

Angelica las diesen Brief tief in einen Sessel ihres Eßzimmers zurückgelehnt. Das Eßzimmer war winzig und sehr dunkel. Es wurde fast vollständig von einem Tisch ausgefüllt, der von Büchern und Papieren überquoll. Eine Lampe und eine Schreibmaschine hatten darauf nur einen unsicheren Stand. Der Tisch war der Arbeitsplatz von Angelicas Mann Oreste, der jetzt im Nebenzimmer lag und schlief, weil er die Nächte in seiner Zeitungsredaktion verbrachte und deshalb gewöhnlich nicht vor vier Uhr nachmittags aufwachte. Die Tür zur Küche stand offen, und Angelica sah ihr Töchterchen Flora, ihre Freundin Sonia und den Jungen, der den Brief gebracht hatte. Ihr Kind aß Brot, das es in Ovomaltine brockte. Eine Fünfjährige, die in ihrem dunkelblauen Trägerrock und ihren roten Strumpfhosen quicklebendig wie ein grünes Eidechschen war. Sonia, ein großes, stilles Mädchen, das sich schlecht hielt und eine Brille trug, hatte einen langen Pferdeschwanz. Sie wusch das Geschirr vom Vorabend auf.

Der Junge, der den Brief gebracht hatte, aß einen Teller voll aufgewärmter Makkaroni mit Tomatensoße, die von Orestes Nachtessen übriggeblieben waren. Er trug eine verschossene blaue Windjacke, die er nicht hatte ausziehen wollen, weil ihm von der Reise noch kalt war. Er hat einen kurzen schütteren braunen Bart.

Als Angelica den Brief zu Ende gelesen hatte, stand sie auf und suchte auf dem Teppich nach ihren Schuhen. Sie trug bräunlichgrüne Strumpfhosen und ebenfalls einen dunkelblauen Trägerrock, der zerdrückt und zerknittert war. Denn sie hatte ihn seit dem gestrigen Tag nicht ausgezogen, weil sie die Nacht in der Klinik verbracht hatte. Ihr Vater war am Tag zuvor operiert worden und in dieser Nacht gestorben.

Angelica drehte ihr langes blondes Haar zusammen und steckte es oben auf dem Kopf mit Haarnadeln fest. Sie war dreiundzwanzig Jahre alt, blaß, groß, mit etwas zu langem Gesicht und hatte Augen vom gleichen Grün wie ihre Mutter, aber anders geschnitten, lang, schmal und schrägstehend. Von einem Schrank holte sie eine geblümte Reisetasche herunter. Die Schlüssel zum Souterrain brauchte sie nicht bei Osvaldo zu holen, denn er hatte sie ihr bereits gegeben, damit sie die schmutzige Wäsche dort auflesen und in eine Wäscherei bringen konnte. Sie steckten in der Tasche ihres schwarzen Borgmantels, den sie bei der Porta Portese alt gekauft hatte. Als sie hineingeschlüpft war, sagte sie in der Küche, sie müsse einkaufen, und ging fort.

Ihr Fiat 500 war vor der Chiesa Nuova geparkt. Als sie eingestiegen war, blieb sie einen Augenblick reglos sitzen. Dann fuhr sie zur Piazza Farnese. Dabei fiel ihr ein, wie sie ihrem Vater im Oktober einmal in der Via

Giubbonari begegnet war. Er kam mit seinen langen Schritten auf sie zu, die Hände in den Taschen, das lange ungebärdige Haar zerzaust, mit flatternder Krawatte, die schwarze Alpakkajacke wie immer ungebügelt und ganz zerknittert. Der große Mund in seinem großflächigen Gesicht hatte den üblichen bitteren und angewiderten Ausdruck. Sie hatte ihr Kind bei sich, sie waren im Kino gewesen. Er reichte ihr die Hand, eine weiche, verschwitzte, unwillige Hand. Schon seit langem begrüßten sie sich nicht mehr mit einem Kuß. Sie hatten einander nicht viel zu sagen, da sie sich immer nur selten gesehen hatten. Stehend tranken sie zusammen in einer Bar Kaffee. Dem Kind kaufte er eine große Kremrolle. Sie äußerte Zweifel daran, daß diese Kremrolle frisch sei. Das kränkte ihn, er komme oft in diese Bar und der Kuchen sei hier nie altbacken. Über der Bar wohne nämlich eine Freundin von ihm, eine Irin, die Cello spiele. Noch während sie ihren Kaffee tranken, fand sich auch diese Irin ein, ein dickliches, unhübsches Mädchen mit einer Nase, die einem Entenschnabel glich. Gemeinsam machten sie sich auf den Weg, um nach Mänteln zu schauen, denn die Irin wollte einen Mantel haben. Sie gingen in ein Konfektionsgeschäft an der Piazza del Paradiso. Die Irin begann, Mäntel anzuprobieren. Für das Kind kaufte ihr Vater einen kleinen Poncho mit Rehen darauf. Die Irin entschied sich für einen langen Mantel aus schwarzem Renfell mit weißem Pelzfutter, über den sie sehr glücklich war. Um zu zahlen, holte der Vater eine Handvoll zerknitterter Geldscheine aus der Tasche. Danach hing ein Zipfel seines Taschentuchs heraus. Immer hing ihm ein Zipfel seines Taschentuchs aus der Tasche. Dann gingen sie alle in die Galerie Medusa, wo ihr Vater eine

Ausstellung vorbereitete, die in ein paar Tagen eröffnet werden sollte.

Die Galerie gehörte zwei jungen Leuten in Lederjakken, die damit beschäftigt waren, die Einladungen zur Eröffnung zu schreiben. Die Bilder hingen schon fast alle, darunter ein großes Porträt der Mutter, das vor vielen Jahren entstanden war, als Vater und Mutter noch zusammen lebten. Die Mutter war darauf an einem Fenster zu sehen, mit unter dem Kinn gefalteten Händen. Sie trug einen blauweiß gestreiften Pullover. Ihr Haar war eine feuerrote Wolke. Das Gesicht ein knappes Dreieck, spöttisch und ganz zerfurcht. Die Augen schwer und von Verachtung und Trauer erfüllt. Angelica erinnerte sich daran, daß das Bild während eines Ferienaufenthaltes in ihrem Haus in Pieve di Cadore gemalt worden war. Sie erkannte das Fenster und die grüne Markise über der Terrasse wieder. Später war das Haus verkauft worden. Ihr Vater blieb mit den Händen in den Taschen vor dem Bild stehen und erging sich in langen Lobreden über dessen Farben, die er grausam und beißend nannte. Dann bedachte er auch alle seine übrigen Bilder mit ausgiebigem Lob. In letzter Zeit hatte er angefangen, riesige Formate zu malen, die er mit Dingen aller Art füllte. Er hatte die Technik der Assemblage entdeckt. Schiffe, Autos, Fahrräder, Kesselwagen, Puppen, Soldaten, Friedhöfe, nackte Frauen und tote Tiere schwebten in einem grünlichen Licht. Mit seiner bitter klingenden krächzenden Stimme behauptete er, außer ihm bewältige heute niemand solche Formate und dabei sei er in den Details auch noch so genau. Er nannte seine Malerei tragisch, erhaben, gigantisch und minuziös. Dabei sagte er »meine Malerrrei« und rollte das R wie zu einem grollenden, einsamen, schmerzlichen Trommelwirbel. Angelica überlegte, daß weder sie noch die Irin, noch die Galeriebesitzer, ja vielleicht nicht einmal ihr Vater selbst auch nur ein Wort von dem glaubte, was diese krächzende Stimme verkündete. Diese Stimme klang herzzerreißend einsam wie eine kaputte Schallplatte. Plötzlich fiel Angelica ein Lied ein, das ihr Vater beim Malen immer gesungen hatte. Dieses Lied war eine Erinnerung an ihre Kindheit, denn seit vielen Jahren war sie nicht mehr zugegen, wenn ihr Vater malte. »Non avemo ni canones – ni tanks ni aviones – oi Carmelà!« So fragte sie ihn, ob er beim Malen immer noch »Oi Carmelà!« singe. Unversehens schien Rührung ihn zu überkommen. Nein, sagte er, er singe überhaupt nichts mehr, seine neuen Bilder würden ihn zuviel Anstrengung kosten. Um sie zu malen, müsse er auf eine Leiter klettern, dabei schwitze er so, daß er alle zwei Stunden das Hemd wechsele. Plötzlich schien er darauf erpicht, die Irin loszuwerden. Er sagte, es werde dunkel und sie solle lieber nach Hause gehen. Er könne sie nicht begleiten, weil er zum Abendessen eingeladen sei. Die Irin nahm ein Taxi. Wütend äußerte er sich über ihre dauernde Taxifahrerei. Dabei komme sie aus einer gottverlassenen Gegend in Irland, wo es bestimmt keine Taxis, sondern nur Nebel, Torf und Schafe gebe. Er faßte Angelica unter und ging mit ihr und dem Kind auf die Via dei Banchi Vecchi zu, wo sie wohnten. Dabei begann er sich über alles und jedes zu beklagen. Er sei so allein. Sein Diener, den er vor kurzem bei einem Autoelektriker aufgelesen hatte, sei ein Idiot. Niemand besuche ihn jemals. Die Zwillinge bekomme er so gut wie nie zu Gesicht. Im übrigen seien sie in letzter Zeit viel zu dick geworden. Mit knapp vierzehn Jahren wiege jede von ihnen ihre achtundfünfzig Kilo. Zusammen hundertsechzehn Kilo, so meinte er, sei doch wahrhaftig zuviel. Auch Viola sehe er beinahe nie, die er allerdings auch kaum ertragen könne, denn es fehle ihr an jeder Ironie. Ein durch und durch unironischer Mensch. Sie habe sich mit ihrem Mann bei ihren Schwiegereltern eingenistet, Leuten, die wenig taugten. Wie Apotheker eben so seien. Natürlich habe er nichts gegen Apotheken, sagte er und betrat eine Apotheke, um Alka-Seltzer zu kaufen, denn er habe dauernd nicht genau zu definierende Schmerzen. »Hier«, sagte er und deutete mit dem Finger auf die Mitte seines Brustkorbes. Undefinierbar. Vielleicht handele es sich um das alte Magengeschwür, das ihn getreulich durchs Leben begleitet habe. Auch Michele sehe er in letzter Zeit selten, und das falle ihm sehr schwer. Als Michele sich eine eigene Wohnung nahm, habe er das richtig, wenn auch traurig gefunden. Wenn er auf Michele zu sprechen kam, wurde seine Stimme leise und zart und verlor ihr Krächzen. Aber Michele sei jetzt dauernd mit Osvaldo zusammen. Was der eigentlich für ein Mensch sei, habe er, der Vater, niemals richtig begriffen. Nett, ja gewiß. Und wohlerzogen. Er dränge sich auch niemals auf. Vielmehr schleppe ihn Michele in die Via San Sebastianello, wenn er seinen Packen schmutziger Wäsche dort ablud. Vermutlich fand er es angenehm, daß Osvaldo ihn mit seinem Wagen überall hinbrachte. Michele selbst hatte keinen Wagen mehr. Der Führerschein war ihm entzogen worden, als er eine alte Nonne angefahren hatte. Die war dann gestorben, aber Michele traf keine Schuld. Er hatte ja erst kurz zuvor fahren gelernt und war nur deshalb so schnell gefahren, weil seine Mutter deprimiert war und ihn gebeten hatte zu kommen. Denn die Mutter war ja so oft deprimiert. Die Mutter, sagte der Vater, und seine Stimme erstarb in einem krächzenden Geflüster, ertrage die Einsamkeit nicht und in ihrer abgründigen Torheit begreife sie nicht einmal, daß ihr Freund Cavalieri seit langem schon nach einem Vorwand suchte, um sie zu verlassen. Sie sei doch so naiv. Geistig stehe sie auf dem Niveau eines sechzehnjährigen Mädchens und dabei sei sie schließlich und endlich vierundvierzig Jahre alt. »Zweiundvierzig«, hatte Angelica ihn verbessert, »sie wird demnächst dreiundvierzig.« Der Vater rechnete rasch an den Fingern nach. An Naivität übertreffe sie jedenfalls bei weitem die Zwillinge. Die hinwiederum seien keineswegs naiv. Sondern eiskalt und schlau wie zwei Füchse. Cavalieri habe er immer für eine Niete gehalten. Ganz und gar nicht sympathisch. Mit seinen abfallenden Schultern, seinen langen weißen Fingern. Und dann diese Löckchen. Er habe das Profil eines Sperbers. Er, der Vater, erkenne sofort, wer ein Sperber sei. An Angelicas Haustor angekommen, erklärte er, er habe keine Lust mitzukommen, weil ihm Oreste, Angelicas Mann, unsympathisch sei. Ein Pedant. Ein Moralist. Er küßte weder Angelica noch das Kind. Dem Kind tätschelte er den Nacken, Angelica drückte er beide Arme. Sie solle ja nicht versäumen, am nächsten Tag zur Eröffnung zu kommen. Die Ausstellung, so drückte er sich aus, werde »eine tolle Sache«. Damit ging er. Angelica war am nächsten Tag nicht zu der Eröffnung gegangen, weil sie ihren Mann zu einer Wahlversammlung nach Neapel begleitet hatte. Danach hatte sie ihren Vater noch zwei- oder dreimal gesehen. Er lag krank zu Bett, und ihre Mutter war bei ihm. Niemals hatte er das Wort an sie gerichtet. Einmal telefonierte er gerade. Ein andermal ging es ihm sehr schlecht, und er winkte ihr nur angeekelt und zerstreut zu.

Angelica ging die sechs Stufen zu dem Souterrain hinunter. Sie öffnete die Tür und knipste das Licht an. In der Mitte des Raumes stand ein Bett mit zerwühlten Laken und Decken. Angelica erkannte die schönen Decken, die ihre Mutter zu kaufen pflegte, weich, mit Samt eingefaßt, warm, leicht und in zarten Farben. Die Mutter kaufte für ihr Leben gern schöne Decken. Auf dem Boden häuften sich leere Flaschen, Zeitungen und Bilder. Angelica warf einen Blick auf die Bilder: Geier, Eulen, verfallende Häuser. Unter dem Fenster lagen die schmutzige Wäsche und ein Paar zusammengerollter Jeans, daneben standen eine Teekanne, ein Aschenbecher voll Kippen und ein Teller mit Orangen. Frei im Raum stand der große grüne Kachelofen in seiner Behäbigkeit. Seine Ornamente waren so zierlich, daß sie wie Spitzen wirkten. Angelica griff tief in ihn hinein und bekam das Bündel zu fassen, das in ein altes Frotteehandtuch mit Fransen gewickelt war. Sie warf es in ihre Reisetasche. Dann packte sie auch die Wäsche und die Orangen hinein. Sie verließ das Souterrain und wanderte ein Stück durch den feuchten, nebligen Morgen, wobei sie den Kragen ihres Pelzmantels hochschlug. Die Wäsche gab sie in einer Wäscherei ab, die sich im übernächsten Häuserblock befand und »La Rapida«, die Schnelle, hieß. Sie wartete an der Theke, bis die Wäsche Stück für Stück durchgezählt war, und setzte sich dann wieder in ihren Wagen. Langsam, weil viel Verkehr war, fuhr sie zum Lungotevere Ripa. Dort ging sie die Treppe zum Fluß hinunter und leerte die Tasche hinein. Ein kleiner Junge fragte sie, was sie fortgeworfen habe. Verfaulte Orangen, antwortete sie.

Als sie mitten durch den Verkehr nach Hause zurückfuhr, sang sie: »Non avemo ni canones – ni tanks ni aviones.« Plötzlich merkte sie, daß ihr die Tränen übers Gesicht rannen. Sie lachte, schluchzte einmal auf und wischte sie dann mit dem Ärmel ihres Pelzes fort. In der Nähe ihrer Wohnung kaufte sie ein Stück Schweinelende, um zusammen mit Kartoffeln daraus einen Eintopf zu kochen. Anschließend kaufte sie noch zwei Flaschen Bier und ein Päckchen Zucker. Und zum Schluß ein schwarzes Kopftuch und ein Paar schwarze Strümpfe für die Beerdigung ihres Vaters.

5

London, den 8. Dezember 70

Liebe Mama,

aus Gründen, die ich brieflich nur schwer erklären könnte, habe ich nach einigem Schwanken darauf verzichtet, nach Rom zu kommen. Als Osvaldo mir am Telefon gesagt hatte, daß Papa gestorben ist, habe ich nachgeschaut, wann Flugzeuge abgingen, aber dann bin ich doch nicht geflogen. Ich weiß, daß Ihr allen Verwandten gesagt habt, ich hätte Lungenentzündung. In Ordnung.

Ich danke Dir für meine Sachen und das Geld. Der Mann, der sie mir brachte, das heißt Frau Peronis Neffe, konnte mir keine Nachrichten von Euch geben, weil er Euch nicht kennt, dafür brachte er mir Nachrichten von Osvaldo und meine Uhr, die ich damals auf dem Flugplatz in Osvaldos Tasche vergessen hatte, weil ich noch rasch duschen gegangen war. Sagt ihm meinen Dank. Ich schreibe ihm aus Zeitmangel nicht direkt.

Ich verlasse London und gehe nach Sussex. Dort werde ich im Haus eines Linguistikprofessors arbeiten, Geschirr spülen, die Heizung besorgen und die Hunde spazierenführen. Auf den Besuch der Bildhauerschule habe ich vorerst verzichtet. Hunde und Geschirr sind mir lieber.

Es tut mir leid, daß ich Dir die Kaninchenställe nicht gebaut habe, aber wenn ich zurückkomme, tue ich es bestimmt. Küsse für Dich und meine Schwestern.

Michele

den 8. Dezember 70

Lieber Michele,

Auftrag erfüllt, soweit es das kleine Ding angeht, das Du in Deinem Ofen vergessen hattest. Ich habe es in den Tiber geworfen, da es, wie Du richtig vermutetest, ganz verrostet war.

Dagegen bin ich noch nicht bei dem Mädchen in der Via dei Prefetti gewesen, weil ich dazu keine Zeit hatte. Die Kleine ist nämlich erkältet. Außerdem schriebst Du, ich solle diesem Mädchen Geld bringen, und Geld habe ich im Augenblick keines.

Unser Vater ist vor drei Tagen beerdigt worden. Sobald ich kann, schreibe ich Dir ausführlicher.

Angelica

7

den 12. Dezember 70

Lieber Michele,

Eben habe ich Deinen kurzen Brief bekommen. Ich begreife nicht, was Dich davon abhalten konnte, beim Tod Deines Vaters hierherzukommen. Ich kann mir einfach nicht vorstellen, was einen Menschen bei einer so traurigen Gelegenheit davon abhalten kann, nach Hause zurückzukehren. Nein, das verstehe ich wirklich nicht. Ich frage mich, ob Du kommen wirst, wenn ich sterbe. Ja, den diversen Verwandten haben wir gesagt, Du lägest mit einer Lungenentzündung in London.

Daß Du nach Sussex gehst, freut mich sehr. Die Luft dort ist sicher gut, und ich bin immer froh, wenn ich weiß, daß Ihr auf dem Land seid. Als ihr klein wart, kam ich die vielen Monate in der Sommerfrische vor Langeweile immer fast um, aber ich sagte mir, jeder zusätzliche Tag sei für Euch ein Gewinn. Später, als Du bei Deinem Vater bliebst, wurde ich beinahe wahnsinnig bei dem Gedanken, daß er Dich oft den ganzen Sommer über in Rom ließ. Er war nicht gern auf dem Land, er mochte nur das Meer. Deshalb schickte er Dich morgens mit dem Dienstmädchen nach Ostia und sagte, das genüge.

Du schreibst nicht, ob Du für Deinen Linguistikprofessor auch kochen mußt. Laß mich wissen, ob das der Fall ist, dann schicke ich Dir Rezepte. Matilde hat ein dickes Heft, in das sie alle Rezepte einklebt, die sie in Zeitungen und Kalendern findet.

Du gibst mir Deine Telefonnummer in Sussex, aber ich müßte Dich von der öffentlichen Fernsprechstelle aus anrufen, weil ich immer noch kein Telefon habe. Die öffentliche Fernsprechstelle ist in einem Gasthaus, das immer voll von Menschen ist. Und ich habe Angst, daß ich weinen muß, wenn ich mit Dir telefoniere. Aber ein Gasthaus ist nicht der richtige Platz, um zu telefonieren und dabei zu weinen.

Der Tod Deines Vaters hat mich tief getroffen. Ich fühle mich jetzt viel einsamer. Er war mir keine Stütze, weil er sich nicht für mich interessierte. Er interessierte sich ja nicht einmal für Deine Schwestern. Wichtig warst nur Du ihm. Und seine Liebe zu Dir schien nicht Dir, sondern einem anderen Menschen zu gelten, den er erfunden hatte und der Dir in keiner Hinsicht glich. Warum ich mich einsamer fühle, seit er tot ist, kann ich Dir nicht erklären. Vielleicht weil wir gemeinsame Erinnerungen hatten. Diese Erinnerungen hatten auf der ganzen Welt nur er und ich. Es stimmt zwar, daß wir über sie kein Wort verloren, wenn wir uns trafen. Aber jetzt ist mir klar, daß es gar nicht nötig war, über sie zu reden. Während der Stunden, die wir im Café Canova verbrachten und die ich doch so endlos und bedrückend fand, waren sie gegenwärtig. Es waren keine glücklichen Erinnerungen, denn Dein Vater und ich sind zusammen nie sehr glücklich gewesen. Und selbst wenn wir in wenigen kurzen Augenblicken glücklich miteinander waren, so ist das später alles in den Schmutz gezogen, mit Füßen getreten und verdreht worden. Aber man liebt eben nicht nur die glücklichen Erinnerungen. Von einem bestimmten Punkt seines Lebens an stellt man fest, daß man die Erinnerungen als solche liebt.

Es mag Dir seltsam erscheinen, aber ich werde das Café Canova nie wieder betreten können, denn wenn ich es beträte, würde ich wie eine dumme Person in Tränen ausbrechen, und wenn ich einer Sache sicher bin, dann der, daß ich vor den Leuten nicht weinen will.

Den Diener Deines Vaters – ich erinnere mich nie, ob er Federico oder Enrico heißt – haben wir entlassen, und Osvaldos Frau Ada hat ihn übernommen. Matilde war der Ansicht, ich solle ihn anstellen, aber ich hatte keine Lust dazu, denn ich halte ihn für einen Trottel. Osvaldo meint, Ada werde ihm alles Notwendige beibringen, denn anscheinend hat Ada die Gabe, Diener anzuleiten und ihnen untadelige Manieren und ein undurchsichtiges Verhalten beizubringen. Ich kann mir zwar nicht vorstellen, wie sie diesem Burschen, der mit seinen Gedanken nie bei der Sache ist und dazu widerborstig wie ein Wildschwein, untadelige Manieren beibringen will, aber Osvaldo sagt, Adas Kunst in der Veredelung von Dienern kenne keine Grenzen.

Matilde und ich gehen jeden Tag in die Via San Sebastianello, um die Papiere Deines Vaters zu ordnen. Außerdem numerieren wir seine Bilder, um sie dann auf ein Lager bringen zu lassen. Was mit den Möbeln geschehen soll, wissen wir nicht, denn weder Viola noch Angelica haben in ihren Wohnungen dafür Platz. Denn diese Möbel sind groß und nehmen viel Raum ein. Deshalb denken wir daran, sie zu verkaufen. Gestern sind auch Osvaldo und der Vetter Lillino dort gewesen, um sich die Bilder anzuschauen. Lillino ist aber heute wieder nach Mantua zurückgefahren, und ich bin froh darüber, denn ich finde ihn unausstehlich. Lillino rät, die Bilder vorläufig nicht zu verkaufen, weil mit ihnen im Augenblick keine hohen Preise zu erzielen sind. Die letzten sind riesig, und wenn ich ehrlich sein soll, so finde ich sie abscheulich. Mir wurde klar, daß auch Osvaldo sie scheußlich findet. Ich spürte das, obgleich er bei ihrer Betrachtung kein Wort über sie verlor. Lillino dagegen findet sie großartig und meint, das Publikum werde sie schon bald entdecken und dann stellten sie ein Vermögen dar. Matilde wedelt nur mit ihrer Haarlocke und schnalzt, um ihrer Bewunderung Ausdruck zu verleihen. Ich kann diese Bilder nicht anschauen, ohne daß mir schwindlig wird. Weiß der Himmel, was ihn veranlaßt hat, diese monumentalen, von Dingen überquellenden Bilder zu malen. Ich habe mir mein Porträt am Fenster genommen, das vor vielen Jahren in Pieve di Cadore entstanden ist. Wenige Jahre später hat Dein Vater das Haus dort verkauft. Das Bild habe ich jetzt im Wohnzimmer aufgehängt und betrachte es, während ich Dir schreibe. Von allen Bildern Deines Vaters ist es mir das liebste. Kurze Zeit darauf, als wir gegen Ende des Sommers nach Rom zurückkehrten, haben wir uns getrennt. Wir wohnten damals am Corso Trieste. Du, Viola und Angelica, ihr wart mit Tante Cecilia in Chianciano. Vielleicht ahnten Deine Schwestern, was vorging, aber Du nicht, Du warst noch zu klein, Du warst erst sechs Jahre. Eines Morgens habe ich die Wohnung am Corso Trieste verlassen, und zwar für immer. Ich bin mit den Zwillingen zu meinen Eltern gefahren, die zur Sommerfrische in Roccadimezzo waren. Dort bin ich nach einer unbeschreiblichen Reise mit den Zwillingen angekommen, die sich im Autobus die ganze Zeit übergeben haben. Meine Eltern wohnten dort behaglich in einem guten Hotel, aßen gut und machten kleine Spaziergänge ins Grüne. Sie rechneten nicht mit mir, weil ich mich nicht angemeldet hatte. Ich kam spät abends mit drei Koffern und den Zwillingen, die sich ganz vollgespieen hatten, in dem Hotel an. Meine Eltern waren entsetzt, als sie mich sahen. Aus Unentschlossenheit und Angst hatte ich seit einer Woche nicht mehr geschlafen, und mein Gesicht muß wie zerstört gewirkt haben. Zwei Monate später bekam meine Mutter ihren ersten Infarkt. Ich habe diesen Infarkt immer darauf zurückgeführt, daß ich ihr damals in Roccadimezzo in diesem Zustand unter die Augen getreten bin. Im Frühjahr darauf ist meine Mutter an ihrem zweiten Infarkt gestorben.

Dein Vater hat bestimmt, daß Du bei ihm bleiben solltest. Du bei ihm und die Mädchen bei mir. Er hat die Wohnung in der Via San Sebastianello gekauft und ist mit Dir dort hingezogen. Er nahm unsere alte Köchin mit, die aber nur noch wenige Monate bei ihm blieb. An ihren Namen erinnere ich mich nicht mehr. Vielleicht erinnerst Du Dich daran. Lange Zeit konnte ich keinen Fuß in diese Wohnung setzen, weil er mich nicht sehen wollte. Ich rief Dich an, und Du weintest am Telefon. Das ist für mich eine entsetzliche Erinnerung. Ich erwartete Dich mit den Zwillingen in der Villa Borghese, und Du kamst mit der alten Köchin dorthin, die einen Affenpelz trug. In der ersten Zeit brülltest Du und warfst Dich auf den Boden, wenn die Köchin Dir sagte, es sei Zeit, nach Hause zu gehen. Später aber nahmst Du Deinen Roller und zogst mit hartem, unbeweglichem Gesicht ab. Noch heute sehe ich Dich vor mir, wie Du in Deinem Mäntelchen schnurstracks davongingst. In mir hatte sich eine derartige Wut gegen Deinen Vater aufgestaut, daß ich drauf und dran war, mit einer Pistole in die Via San Sebastianello zu gehen und ihn niederzuschießen. Vielleicht sollte eine Mutter ihrem Sohn solche Dinge nicht erzählen, weil das nicht pädagogisch ist. Das Problem ist nur, daß man nicht mehr weiß, was Pädagogik ist und ob sie überhaupt existiert. Ich habe Dich nicht erzogen. Denn ich war nicht da. Wie hätte ich Dich also erziehen sollen. Ich sah Dich nur manchmal nachmittags in der Villa Borghese. Auch Dein Vater hat Dich gewiß nicht erzogen, denn er hatte sich in den Kopf gesetzt, Du seiest fix und fertig erzogen auf die Welt gekommen. So bist Du total konfus aufgewachsen, aber ich bin nicht sicher, daß Du weniger konfus wärst, wenn wir Dich richtig erzogen hätten. Denn vielleicht sind Deine Schwestern zwar weniger konfus als Du. Aber recht seltsam und konfus sind sie auch, jede auf ihre Art. Auch sie habe ich nicht erzogen und erziehe sie nicht, weil ich nur zu oft mit mir selbst nicht im reinen war und bin. Und um andere zu erziehen, muß man wenigstens ein bißchen Selbstvertrauen haben und mit sich selbst im reinen sein.

Ich weiß nicht mehr, wann und wie es dazu kam, daß Dein Vater und ich uns nicht mehr haßten. Einmal hat er mir in der Anwaltskanzlei eine Ohrfeige gegeben. Es war eine so deftige Ohrfeige, daß ich Nasenbluten bekam. Auch sein Vetter Lillino war anwesend, und er und der Anwalt haben mich auf das Sofa gebettet, und Lillino ist in eine Apotheke gegangen, um blutstillende Watte zu besorgen. Dein Vater hat sich in das Badezimmer eingeschlossen und kam nicht mehr zum Vorschein. Er kann kein Blut sehen. Ich merke, daß ich »er kann« im Präsens geschrieben habe, ich vergesse immer wieder, daß Dein Vater tot ist. Lillino und der Anwalt klopften an die Badezimmertür und rüttelten daran. Schließlich kam er mit tropfnassem Haar heraus, weil er den Kopf unter den Wasserhahn gehalten hatte. Wenn ich an diese Szene zurückdenke, muß ich lachen. Oft hatte ich große

Lust, Deinen Vater daran zu erinnern und mit ihm zusammen darüber zu lachen. Aber aus unseren Beziehungen war alles Leben gewichen. Wir konnten nicht mehr miteinander lachen. Es kommt mir so vor, als hätte er nach dieser Ohrfeige aufgehört, mich zu hassen. Er wollte zwar immer noch nicht, daß ich in die Via San Sebastianello kam, aber manchmal begleitete statt des Dienstmädchens nun er Dich in die Villa Borghese. Auch ich habe aufgehört, ihn zu hassen. Einmal spielten wir auf einer Rasenfläche der Villa Borghese mit Euch Blindekuh, dabei fiel ich hin, und er wischte mir mit dem Taschentuch den Schmutz vom Kleid. Als er so gebückt vor mir stand, um den Schmutz fortzuwischen, schaute ich auf seinen Kopf mit dem langen widerspenstigen schwarzen Haar, und es wurde mir klar, daß es zwischen uns keine Spur von Haß mehr gab. Das war ein glücklicher Augenblick. Ein Glück, das aus nichts bestand, denn ich wußte nur zu gut, daß meine Beziehungen zu Deinem Vater auch ohne Haß kümmerlich und armselig bleiben würden. Aber ich erinnere mich noch, daß in diesem Augenblick die Sonne unterging und schöne rote Wolken über der Stadt standen und daß ich nach langer Zeit ruhig und beinahe glücklich war.

Vom Tod Deines Vaters kann ich Dir nichts schreiben. Am Tag zuvor waren Matilde und ich bei ihm im Krankenhaus. Er hat sich noch unterhalten, hat sich mit Matilde gezankt und den Architekten angerufen, um mit ihm über den Turm zu sprechen. Er behauptete, den Turm habe er vor allem Deinetwegen gekauft, weil Du doch das Meer so leidenschaftlich liebtest und nun immer den ganzen Sommer dort verbringen könntest. Du könntest auch all Deine Freunde mitbringen, denn in dem Turm werde es eine Menge Zimmer geben. Ich weiß, daß Du das Meer nicht liebst und es fertigbringst, mitten im August vollständig angezogen und verschwitzt am Strand sitzen zu bleiben. Aber ich wollte ihm nicht widersprechen und habe deshalb nichts entgegnet. So hat er seinen Phantasien über den Turm weiter nachgehangen. Seiner Meinung nach war dessen Kauf ein gutes Geschäft und ein wahrer Geniestreich. Er sagte, er hatte oft solche genialen Einfälle, schade nur, daß ich keine hätte, denn das Haus, das ich mir gekauft hätte, müsse doch grauenhaft häßlich und geschmacklos sein und obendrein viel zu teuer. Auch dazu habe ich geschwiegen. Dann kamen einige seiner Freunde. Sie ließen sich von der Zentrale telefonisch anmelden, aber er sagte, er sei müde, und wollte sie nicht sehen. Es waren Biagioni, Casalis, Maschera und eine junge Irin, von der ich glaube, daß sie seine Freundin war. Ich habe Matilde hinuntergeschickt, um sich ihrer anzunehmen. So sind er und ich allein geblieben. Er sagte, auch ich solle kommen und den Sommer im Turm verbringen. Nur die Zwillinge wolle er dort nicht sehen, weil ihre Transistorgeräte ihn um seinen Mittagsschlaf brächten. Ich habe ihm gesagt, das sei ungerecht gegen die Zwillinge, denn wenn Du mit einer Bande von Freunden in den Turm kämest, würde wohl ebenso wenig aus seinem Mittagsschlaf. Darauf meinte er, hin und wieder werde er vielleicht auch die Zwillinge einladen. Aber Viola und Angelica nicht. Viola könne aufs Land zu ihren Schwiegereltern gehen, wo es scheußlich sei und vor Fliegen nur so wimmele, aber sie solle sich dort nur amüsieren. Und Angelica hätte diesen Langweiler zum Mann. Ob sie ihn wohl liebe? Vielleicht liebe sie ihn. Jedenfalls wolle er Oreste nicht in seinem

Turm sehen, denn er habe einmal schlecht über Cézanne gesprochen. Und wie könne er aus seiner Froschperspektive sich überhaupt ein Urteil über Cézanne erlauben. Jedenfalls werde er die Leute, die jeden Sommer in den Turm eingeladen würden, mit größter Sorgfalt und Umsicht auswählen. Jeden Sommer? Nein, das ganze Jahr, denn er beabsichtige das ganze Jahr in dem Turm zu wohnen. Matilde zum Beispiel wolle er auch nicht dort haben. Er habe sie nie ertragen können, schon als Kind nicht. Er verstehe nicht, weshalb ich sie jetzt zu mir geholt hätte. Ich sagte ihm, ich fühle mich einsam und brauche Gesellschaft. Matilde sei besser als niemand. Und dann tue Matilde mir leid, weil sie keinen roten Heller mehr habe. Sie könne doch den Wingert verkaufen, sagte Dein Vater. Ich erinnerte ihn daran, daß sie den Wingert schon vor einer Weile verkauft hätten, für einen Apfel und ein Ei, und jetzt sei ein Motel auf dem Grundstück gebaut worden. Er sagte, den Gedanken daran, daß auf dem Grundstück dieses herrlichen Wingerts jetzt ein Motel stehe, könne er nicht ertragen. Und es sei eine ausgemachte Bosheit von mir, ihn daran zu erinnern. Er drehte sich auf die andere Seite und hat kein Wort mehr gesprochen. Auch mit Matilde nicht. Matilde hat mir später erzählt, die junge Irin sei ganz in Tränen aufgelöst gewesen und Biagioni und Casalis hätten sie untergehakt und fortgeschleppt.

Dein Vater wurde morgens um acht Uhr operiert. Wir waren alle im Wartezimmer der Klinik, Matilde, Angelica, Viola, Elio, Oreste und ich. Die Zwillinge waren bei einer Freundin. Die Operation hat nicht lange gedauert. Später erfuhr ich, daß sie ihn nur auf- und wieder zugemacht haben, denn es war für alles zu spät. Matilde und ich sind bei ihm im Zimmer geblieben. Angelica und Viola saßen im Wartezimmer. Er hat nicht mehr gesprochen. Nachts um zwei Uhr ist er gestorben.

Bei der Beerdigung waren viele Menschen. Erst hat Biagioni gesprochen und dann Maschera. Dein Vater konnte in letzter Zeit weder den einen noch den anderen leiden. Er sagte, sie verstünden seine neue Malerei nicht. Er sagte, sie seien neidisch auf ihn und sie seien Sperber. Aber er habe Sperber immer als solche erkannt.

Ich sehe, daß Du meine Briefe nicht liest, oder falls Du sie liest, sofort wieder vergißt. Du brauchst mir nach Deiner Rückkunft keine Kaninchenställe mehr zu bauen, denn ich habe sie mir bereits von einem Schreiner bauen lassen. Die Kaninchen sind vier an der Zahl. Aber trotzdem weiß ich nicht, ob ich noch lange hier auf dem Land bleibe. Denn ich bin durchaus nicht sicher, daß ich die Gegend hier nicht verabscheue.

Auch Filippo ist bei der Beerdigung Deines Vaters gewesen.

Ich umarme Dich.

Deine Mutter

Als Adriana diesen Brief beendet und in einen Umschlag gesteckt hatte, schlüpfte sie in ihren Kamelhaarmantel und wand sich einen schwarzen Wollschal um den Kopf. Es war fünf Uhr nachmittags. Sie ging in die Küche hinunter und schaute in den Kühlschrank. Mit Abneigung betrachtete sie eine Ochsenzunge, die Matilde in Essig eingelegt hatte, um sie zu pökeln. Sie dachte daran, daß ihnen diese vermutlich schlecht gepökelte Ochsenzunge monatelang immer wieder aufgetischt werden würde. Weder Matilde noch die Zwillinge waren zu

Hause. Cloti hatte sich mit Grippe ins Bett gelegt. Adriana ging an ihre Tür. Das Dienstmädchen lag im Morgenrock unter den Decken und hatte sich ein Handtuch um den Kopf gewickelt. Auf ihrem Nachttisch stand das Transistorgerät der Zwillinge. Adriana sagte, sie solle sich messen. Dann wartete sie. Bobby Solo sang. Cloti sagte, sie höre Bobby Solo so gern. Es war das erste Mal, daß Adriana von ihr eine Äußerung hörte, die keinerlei Klage enthielt. Für gewöhnlich galten Clotis von Seufzern begleitete Äußerungen nämlich den Anstrengungen, die man ihr zumutete, den Unebenheiten ihrer Matratze und den schlecht schließenden Fenstern. Adriana sagte, es tue ihr leid, daß sie ihr den Fernseher nicht ins Zimmer bringen könne, weil er zu schwer sei. Cloti antwortete, für das Fernsehen am Nachmittag interessiere sie sich nicht. Nur für das Fernsehen abends. Aber selbst in ihrer früheren Stellung, wo man ihr sonst jeden Komfort geboten habe, hätte sie in ihrem Zimmer keinen Fernseher gehabt. Dann zählte sie auf, was ihr dort an Komfort zur Verfügung stand. Ein geräumiges entzückendes Zimmer. Entzückende Möbel in Weiß und Gold und ein kostbarer Teppich, den in ihrem Zimmer zu haben, ihr fast ein bißchen peinlich war. Eine weiche Matratze. Eine Klimaanlage, die das ganze Haus gleichmäßig temperierte. Der Rechtsanwalt ständig auf Reisen und für sie nichts zu tun, als für die Katze zu sorgen. Adriana nahm ihr das Thermometer aus der Achselhöhle. Es zeigte sechsunddreißig neun an. Cloti meinte, das Fieber werde sicher noch steigen, denn sie habe abwechselnd Schüttelfrost und Hitzewallungen und so seltsame Schmerzen im ganzen Kopf. Adriana fragte sie, ob sie einen Tee wolle. Cloti lehnte den Tee ab. Nur etwas habe ihr bei dem Rechtsanwalt nicht gefallen, fuhr sie fort, wenn er zu Hause gewesen sei, habe er verlangt, daß sie sich zu ihm in den Salon setzte, um sich mit ihm zu unterhalten. Und zu einer Unterhaltung fühlte sie sich nicht imstande. Es fiel ihr einfach kein Gesprächsstoff ein. Nicht, daß der Anwalt ihr je zu nahe getreten sei. Nein, er hatte sofort begriffen, daß sie eine anständige Person war, und er hatte das zu schätzen gewußt. Er wollte sich nur mit ihr unterhalten. Und deshalb war sie fortgegangen. Weil sie sich nicht unterhalten konnte. Und weil es zuviel Gerede gegeben hatte. Als die Schwester des Anwalts einmal zu Besuch kam, hatte sie eine Bemerkung über die Kalbshaxe gemacht, die es gab. Ein andres Mal, hatte sie ihr gesagt, sie solle ein Bad nehmen, denn sie röche. Aber sie wusch sich jeden Tag Füße und Achselhöhlen, also konnte sie gar nicht riechen. Ein Bad nahm sie nur einmal im Monat, weil sie das zu sehr schwächte. Aber das waren alles nur Vorwände. In Wirklichkeit hatte es Gerede gegeben. Doch nun hatte sie begriffen, daß es ein Fehler war, deswegen fortzugehen. Ein gewaltiger Fehler.

Adriana ging hinaus und holte den Wagen aus der Garage. Sie machte das Gartentor auf. Die beiden Zwergtannen, die Matilde vor das Gartentor hatte setzen lassen, haßte sie. Sie gaben dem kahlen Garten einen falschen alpinen Anstrich. Sie hoffte, sie würden eingehen. Die Straße schlängelte sich in Haarnadelkurven durch die Felder. Der Wagen hoppelte dahin. Der Tag war sehr sonnig gewesen, und nun lag fast kein Schnee mehr. Die Sonne schien noch auf das Dorf und die Höhenzüge, aber schon stieg aus der Ebene mit kaltem grauem Nebel die Dämmerung auf. Sie haßte die Zwillinge, die nicht nach

Hause kamen. Sie haßte Matilde, die Oliven und Kapern für die Pökelzunge kaufen gegangen war. Eine ganze Weile begegnete sie nicht einem einzigen Haus. Schließlich tauchte ein winziges Haus auf. Aus einem Fenster ragte ein Ofenrohr, aus dem ein Rauchfaden aufstieg. In dem Haus wohnte ein Fotografenehepaar. Der Mann stand gerade auf den Stufen vorm Haus und wusch in einem blauen Plastikeimer das Geschirr ab. Die Frau in einem roten Mantel und Strümpfen mit Laufmaschen hängte Wäsche auf eine Leine. Wer weiß, weshalb Adriana beim Anblick der beiden in jähe Verzweiflung verfiel. Es kam ihr vor, als seien sie die einzigen Wesen, denen sie auf der ganzen Welt begegnen konnte. Dann gab es noch einmal eine Weile nur Morast, vertrocknete Hecken und kahle Felder. Schließlich kam sie auf die große Straße, auf der ständig Autoverkehr herrschte. Am Straßenrand standen Männer in Overalls um einen Kessel mit Asphalt.

Sie dachte an Filippos Frau, die sie bei der Beerdigung gesehen hatte. Sie hatte einen Bauch. Über diesem Bauch trug sie einen gelben Mantel mit großen Schildpattknöpfen. Sie hatte ein hartes, junges, knochiges Gesicht. Das Haar war glatt daraus zurückgekämmt und zu einem winzigen Knötchen aufgesteckt. Mit der Tasche in den Händen ging sie rosig, hart und ernst neben Filippo her. Filippo war wie immer. Er setzte seine Brille ab und wieder auf. Er fuhr sich mit seinen langen Fingern durch seine dichten grauen Löckchen. Er schaute um sich und versuchte dabei vergeblich, sich ein entschlossenes und autoritäres Aussehen zu geben. Um zum Dorf zu kommen, mußte man eine von Neonlampen beleuchtete Straße hinauffahren, die in diesen Tagen mit Papiergirlanden für eine demnächst stattfindende Prozession geschmückt war. Im Dorf steckte Adriana den Brief in den Kasten. Bei einer Frau, die mit einem Korb und einem Kohlenbecken vor der Kirche saß, kaufte sie Eier. Sie unterhielt sich mit ihr über den Wind, der plötzlich aufgekommen war, schwarze Wolken über die Dächer trieb und die Girlanden für die Prozession hin- und herschaukeln ließ. Sie ging zur öffentlichen Fernsprechstelle, rief Angelica an und hielt sich dabei wegen des Krachs das andere Ohr zu. Sie bat sie, am Sonntag zum Mittagessen zu kommen, es gebe Pökelzunge. Die Verbindung wurde gestört, und Angelica verstand nicht. So machten sie rasch Schluß. Adriana stieg wieder in ihren Wagen. Filippo war an dem Tag, an dem er ihr eröffnete, er wolle heiraten, zusammen mit Angelica gekommen. Aus Angst, sie könne einen Weinkrampf bekommen, hatte er Angelica dabeihaben wollen. Lächerlich. Sie weinte doch so selten. Sie fraß alles in sich hinein. Sie war stark wie eine Eiche. Und im übrigen hatte sie das schon seit einer Weile erwartet. Nur, daß ihr seit diesem Tag das Haus in der Via dei Villini verhaßt war, denn nachdem Filippo fortgegangen war, hatte sie dort in ihrem Schlafzimmer mit den Fensterbögen auf dem Bett gelegen und ein bißchen geweint, und Angelica hatte ihr die Hand gehalten.

8

»Mir kommt sie vollkommen schwachsinnig vor«, sagte Ada.

»Nicht vollkommen«, wandte Osvaldo ein.

»Doch, vollkommen«, widersprach Ada.

»Sie ist nicht schwachsinnig, nur konfus.«

»Darin sehe ich keinen Unterschied.«

»Ein paar Spiegeleier wird sie jedenfalls machen können«, fuhr Osvaldo fort, »ich kenne doch Frau Peronis Mutter. Sie stellt keine großen Ansprüche.«

»Es handelt sich nicht nur um Spiegeleier. Ich kenne die alte Frau Peroni besser als du. Sie ist nicht so leicht zufriedenzustellen. Sie will ihren Haushalt in Ordnung haben. Die Fußböden gewachst und gebohnert. Und ich kann mir nicht vorstellen, daß dieses Mädchen Fußböden bohnert. Und dann wird das Kind, wenn es weint, den beiden Frauen lästig fallen.«

»Ich wußte nicht, wie ich ihr sonst helfen sollte. Sie tat mir eben leid mit ihrem Kind.«

»Und so kamst du auf den Gedanken, sie den Peronis aufzuhalsen.«

»Die Peronis mögen Kinder.«

»Ja, sie mögen Kinder, wenn sie in der Villa Borghese im Kinderwagen an ihnen vorübergefahren werden. Aber nicht, wenn sie nachts in ihrer Wohnung brüllen.«

Osvaldo hatte bei Ada gegessen, jetzt saßen sie im Wohnzimmer, und Osvaldo klebte für Elisabetta Briefmarken in ein Album. Ada strickte. Elisabetta war mit einer Freundin auf der Veranda. Sie spielten Karten. Sie hockten auf dem Boden und spielten schweigend und tiefernst.

»Du brauchst diese Marken nicht einzukleben«, sagte Ada. »Das kann sie selbst, und es macht ihr sogar Spaß.«
Osvaldo klappte das Album zu, streifte ein Gummiband darüber, trat ans Fenster und schaute hinaus. Die verglaste Veranda mit ihren großen Pflanzenkübeln lief rings um das Wohnzimmer. Er klopfte an die Fensterscheibe, aber Elisabetta war so in ihr Spiel vertieft, daß sie nicht einmal aufschaute.
»Die Azalee hat sich wunderbar erholt«, sagte er.
»Du weißt, daß ich einen grünen Daumen habe. Das ist doch nichts Neues. Als sie mir gebracht wurde, war sie wie abgestorben. Sie stammt aus der Wohnung von Micheles Vater. Der Diener hat sie mir gebracht. Sie sollte fortgeworfen werden. Er kam auf den Gedanken, sie mir zu bringen.«
»Also macht er sich manchmal Gedanken.«
»Manchmal. Nicht sehr oft. Aber schlecht ist er nicht. Ich habe ihm beigebracht, bei Tisch zu servieren. Du hast ja gesehen, wie gut er jetzt serviert.«
Osvaldo wollte gerade sagen: Du hast offenbar auch für Diener einen grünen Daumen. Dann aber kam es ihm so vor, als hätten diese Worte etwas Zweideutiges an sich, so sprach er sie nicht aus, errötete aber trotzdem.
»Dieses Mädchen dagegen wird nie etwas lernen«, begann Ada von neuem.
»Sie braucht bei den Peronis ja nicht zu servieren. Sie essen alle drei in der Küche.«
»Und was hat sie mit der Wohnung in der Via dei Prefetti gemacht, in der sie bisher wohnte?«
»Nichts. Sonntags geht sie immer noch dorthin. Das Kind läßt sie bei den Peronis, und sie selbst geht in die

Via dei Prefetti. Sie ruht sich dort aus. Eine Freundin kommt sie besuchen.«

»Wahrscheinlich geht sie dort mit jemandem ins Bett.«

»Mag sein. Ich weiß es nicht. Sie sagt, Männer interessieren sie nicht mehr. Sie interessiere sich nur noch für ihr Kind. Sie hat es abgestillt und gibt ihm die Flasche.«

»Das heißt, Frau Peronis Mutter gibt sie ihm.«

»Ja, wahrscheinlich.«

»Das Kind sieht aus wie Michele. Ich bin sicher, daß es von ihm ist.«

»Meinst du wirklich?«

»Es ist ihm doch wie aus dem Gesicht geschnitten.«

»Das Kind hat schwarzes Haar. Micheles Haar ist rötlich.«

»Auf das Haar kommt es nicht an, sondern auf den Gesichtsausdruck, auf den Mund. Ich finde, Michele sollte zurückkommen und dem Kind seinen Namen geben. Wenn er ein anständiger Mensch wäre, täte er es. Aber natürlich ist er das nicht. Er brauchte das Mädchen ja nicht zu heiraten, denn eine wie die kann man nicht heiraten. Nur dem Kind seinen Namen geben. Was gedenkst du mit dem Souterrain zu tun?«

»Ich weiß nicht. Sag du es mir. Jetzt wohnt einer dort, ein Freund von Michele, der aus London gekommen ist, er heißt Ray. Aber ich glaube, er wird in den nächsten Tagen wieder abreisen.«

»Ich habe aufgeatmet, als Michele fortgegangen ist. Und jetzt hast du schon wieder jemanden dort untergebracht.«

»Er wußte nicht, wohin. Er wohnte bei Angelica, aber Angelicas Mann wollte ihn nicht mehr in der Wohnung haben. Sie hatten einen politischen Streit. Angelicas

Mann ist von eisernen Grundsätzen. Er duldet keine Diskussion darüber.«

»Wenn er wirklich von eisernen Grundsätzen wäre, würde ihm eine Diskussion darüber nichts ausmachen. Wenn er darüber wütend wird, dann nur, weil seine Grundsätze nicht eisern, sondern butterweich sind. Ich kenne ihn doch, Angelicas Mann. Ich finde ihn eher bescheiden. Einen Funktionär. Einen von diesen Parteifunktionären, die wie Buchhalter wirken.«

»Da hast du nicht unrecht.«

»Ich habe das Gefühl, daß Angelicas Ehe von kurzer Dauer sein wird. Aber heute sind alle Ehen von kurzer Dauer. Im übrigen war ja auch unsere Ehe nur von sehr kurzer Dauer.«

»Sie hat genau vier Jahre gedauert«, bemerkte Osvaldo.

»Findest du vier Jahre etwa viel?«

»Nein. Ich sage nur, wie lange sie gedauert hat. Genau vier Jahre.«

»Ich will dir offen sagen, diese Jungen von heute gefallen mir nicht. Gammler, und zwar gefährliche Gammler. Da sind mir beinahe die Buchhalter noch lieber. Es geht mir nicht um das Souterrain als solches. Aber es würde mich ärgern, wenn einer von denen es mir in die Luft jagte.«

»Schon weil er mich im Stockwerk darüber mit in die Luft jagen würde. Und die Schneiderin im obersten Stockwerk auch. Aber dieser Ray kommt mir nicht so vor, als würde er etwas in die Luft jagen. Der kommt mir eher so vor, als ob er das Pulver nicht erfunden hätte.«

»Jedenfalls möchte ich dich bitten, ihn mir nicht vorzustellen. Bring ihn bitte nicht hierher. Michele hast du dauernd hierher gebracht. Ich mochte ihn nicht. Ich fand ihn nicht amüsant. Er saß da und starrte mich aus seinen grünen Äuglein an. Ich glaube, er fand mich blöde. Aber ich fand ihn auch nicht amüsant. Ich habe mein möglichstes getan, damit er abreisen konnte, ich habe ihm geholfen, aber nicht aus Sympathie.«

»Aus Nettigkeit«, sagte Osavaldo.

»Ja. Und weil ich froh darüber war, daß er mir aus den Augen kam. Aber daß er nicht zurückkam, als sein Vater starb, habe ich doch ein starkes Stück gefunden. Wirklich, ein starkes Stück.«

»Er hatte Angst, festgenommen zu werden«, erklärte Osvaldo. »Von seiner Gruppe sind zwei oder drei festgenommen worden.«

»Ich finde es trotzdem ein starkes Stück. Und du hast es auch ein starkes Stück gefunden. Es hat dir buchstäblich die Sprache verschlagen. Denn um die Leiche seines Vaters auf den Friedhof zu begleiten, läßt man sich sogar festnehmen.«

»Die Leiche?«

»Ja, die Leiche. Was ist denn daran so sonderbar?«

»Nichts. Mir kam dieses Wort aus deinem Mund nur ungewöhnlich vor.«

»Das ist doch ein ganz gebräuchliches Wort. Jedenfalls, um noch einmal darauf zurückzukommen, fand ich Michele keinen amüsanten Burschen. Nett war er vielleicht. Er spielte mit Elisabetta Monopoli. Er half mir beim Anstreichen von Möbeln. Aber ganz im Grunde fand er mich dämlich, und ich merkte das und ärgerte mich darüber.«

»Warum sprichst du im Imperfekt von Michele?«

»Weil ich das Gefühl habe, daß er nicht zurückkommt«, antwortete Ada. »Wir werden ihn nicht wiedersehen. Er wird in Amerika landen. Oder weiß Gott wo. Weiß der Himmel, was aus ihm werden soll. Die Welt ist heute voll von jungen Leuten, die ziellos von einem Ort zum anderen ziehen. Man kann sich nicht vorstellen, wie sie alt werden sollen. Man hat das Gefühl, sie würden niemals alt. Sie würden immer bleiben, wie sie sind, ohne Zuhause, ohne Familie, ohne feste Arbeitszeit, ohne alles. Mit nichts als den paar Lumpen, die sie auf dem Leibe tragen. Sie sind niemals jung gewesen, wie sollen sie also alt werden? Nimm doch nur mal dieses Mädchen mit ihrem Kind, wie soll die denn altwerden? Sie ist doch jetzt schon alt. Ein verwelktes Pflänzchen. Schon verwelkt auf die Welt gekommen. Nicht physisch. Moralisch. Ich kann nicht verstehen, daß ein Mensch wie du seine Zeit mit all diesen welken Pflänzchen vertrödelt. Ich mag mich täuschen, aber ich habe eine andere Meinung von dir.«

»Du täuschst dich, du bist in bezug auf mich zu optimistisch.«

»Ich bin von Natur optimistisch. Aber was diese Gammler angeht, bin ich nicht optimistisch. Ich finde sie unerträglich. Ich finde, daß sie alles in Unordnung bringen. Erst wirken sie so sympathisch, aber im tiefsten Inneren hegen sie dann am Ende die Absicht, uns alle in die Luft zu jagen.«

»Im Grunde wäre das auch nicht so schlimm«, meinte Osvaldo. Er war in seinen Regenmantel geschlüpft und strich sich das spärliche blonde Haar glatt.

»Möchtest du etwa, daß sie auch Elisabetta in die Luft jagen?«

»Nein, Elisabetta nicht.«

»Deinen Regenmantel müßtest du auch mal in die Reinigung bringen.«

»Manchmal redest du, als wärest du noch meine Frau. Was du da eben gesagt hast, ist der Ausspruch einer Ehefrau.«

»Hast du etwas dagegen?«

»Nein. Warum?«

»Du warst es, der mich verlassen hat. Nicht ich habe dich verlassen. Aber lassen wir das. Wir wollen alten Ärger nicht wieder aufwärmen. Im übrigen hattest du vielleicht sogar recht. Dein Entschluß war weise. Du kannst gut allein sein. Und auch ich kann sehr gut allein sein. Wir waren nicht dazu geschaffen, miteinander zu leben. Wir sind zu verschieden.«

»Zu verschieden«, bestätigte Osvaldo.

»Wiederhole nicht meine Worte wie Pinocchios Katze. Das geht mir auf die Nerven. Jetzt muß ich in Elisabettas Schule gehen. Ich habe den Lehrerinnen versprochen, den Handpuppen für die Weihnachtsaufführung Kleider zu nähen. Ich nehme dafür Stoffreste aus meiner Truhe mit.«

»Du machst dir dauernd etwas zu tun. Dabei könntest du den ganzen Nachmittag in aller Ruhe zu Hause bleiben. Das Wetter ist doch so schlecht. Es ist zwar nicht kalt, aber windig.«

»Wenn ich den ganzen Nachmittag zu Hause bleibe, kommen mir traurige Gedanken.«

»Ciao«, verabschiedete sich Osvaldo.

»Ciao«, antwortete Ada, »soll ich dir noch etwas sagen?«

»Was?«

73

»Ganz im Grunde fand Michele auch dich blöde. Nicht nur mich. Er sog dir das Mark aus den Knochen, aber im Grunde fand er dich blöde.«

»Michele hat mir nie das Mark aus den Knochen gesogen.«

Osvaldo verließ das Haus. Er war nicht mit dem Wagen gekommen und ging nun zu Fuß über die Brücke. Einen Augenblick blieb er stehen und schaute auf das schmutzig gelbe Wasser hinunter und hinüber zu den Platanen, zwischen denen die Autos hindurchfuhren. Ein warmer, aber heftiger Wind wehte, der Himmel war von dicken schwarzen Wolken bedeckt. Osvaldo dachte an die Maschinenpistole, von der Angelica ihm erzählt hatte, sie habe sie nicht weit von dieser Brücke im Wasser versenkt. Er dachte daran, daß er noch nie in seinem Leben eine Waffe in der Hand gehabt hatte. Nicht einmal eine Harpune für die Unterwasserjagd. Im übrigen hatte, soweit er wußte, auch Michele noch nie eine Waffe in die Hand genommen. Michele war seiner Schmalbrüstigkeit wegen vom Waffendienst freigestellt worden. Aber auch, weil sein Vater dafür bezahlt hatte. Osvaldo war nicht zum Militärdienst herangezogen worden, weil er der einzige Sohn einer Witwe war. Zur Zeit des Widerstands war er noch ein kleiner Junge. Damals lebten seine Mutter und er als Bombenflüchtlinge in der Nähe von Varese.

Er bog in ein enges Gäßchen ein, das von Kindern nur so wimmelte. Dann betrat er seinen Laden. Frau Peroni trug, auf geschwollenen Knöcheln hinkend, Stapel von Büchern hin und her. Sie lächelte ihm zu.

»Wie geht's?« fragte er.

»Sie ist zurück in die Via dei Prefetti. So ging es nicht

mehr weiter. Im Haushalt war sie nicht die geringste Hilfe. Im Gegenteil. Meine Mutter mußte sogar noch für sie kochen und hinter ihr aufräumen. Wenn sie duschte, vergaß sie sich abzutrocknen, und die ganze Wohnung war voll von nassen Fußstapfen. Neulich ist sie ausgegangen, meine Mutter und ich waren auch fort, und hat den Hausschlüssel vergessen, und das Kind war allein in der Wohnung und weinte, das arme Wurm, ein Schlosser war nicht aufzutreiben, und die Portiersfrau hat die Feuerwehr gerufen. Um in die Wohnung zu kommen, haben die Feuerwehrleute eine Fensterscheibe einschlagen müssen. Meine Mutter hatte das Kind so liebgewonnen. Aber sie ging oft fort und ließ das Kind zu Hause. Dann mußte meine Mutter es wickeln und ihm die Flasche geben.«

»Das tut mir leid«, sagte Osvaldo. »Ich werde Ihnen die Fensterscheibe bezahlen.«

»Darum geht es nicht. Wir hätten sie gern behalten. Es war ja auch ein gutes Werk. Aber sie ist zu unvernünftig. Nachts weckte sie uns, damit wir ihr halfen, das Kind zu wickeln. Sie behauptete, es mache sie traurig, wenn sie es allein wickeln müsse. Sie weckte uns alle beide, meine Mutter und mich, denn sie sagte, je mehr Menschen um sie seien, um so größer sei ihre Erleichterung. Sie konnte einem wirklich leidtun. Aber es ist unbegreiflich, warum sie dieses Kind haben wollte, wenn sie doch solche Angst davor hat, es großzuziehen.«

»Ja, das ist unbegreiflich«, stimmte Osvaldo zu. »Das heißt, im Grunde versteht man es sehr gut.«

»Jedenfalls ist sie heute ausgezogen. Wir haben das Kind wieder in die gelbe Tragetasche gelegt. Darin erkältet es sich nicht. Wir haben ihr ein Taxi gerufen. Meine

Mutter hat ihr noch eine Strickjacke leihen müssen, denn sie hatte nichts Warmes anzuziehen. Den Kasack mit den Drachen hat sie beim Bügeln versengt.«

»Wie schade.«

»Ja, wirklich schade. Es war so ein schöner Kasack. Ganz entzückend. Aber sie hat das angestellte Bügeleisen darauf stehenlassen, während sie telefonierte. Am Telefon hat sie dann lange mit jemandem gesprochen. Später hat sie mir erzählt, es sei Angelica gewesen. Den Kasack hat das Bügeleisen im Rücken gerade an der Stelle, wo die Drachen waren, versengt. Es hätte nicht viel gefehlt, und das ganze Bügelbrett wäre in Flammen aufgegangen. Meine Mutter ist so erschrocken. Ich hatte Angst um meine Mutter. Sie ist doch schon alt. Es strengte sie an und erschreckte sie. Wenn es nur um mich gegangen wäre, hätte ich sie vielleicht sogar behalten.«

»Ich verstehe. Es tut mir leid«, sagte Osvaldo.

9

den 18. Dezember 70

Lieber Michele,

Ich war bei dem Mädchen in der Via dei Prefetti, bei Mara. Ein Name wie aus einem Comic. Maria wäre besser. Denn mit einem zusätzlichen I wäre alles vielleicht anders geworden.

Ich habe ihr ein bißchen Geld gebracht. Das habe ich mir von Mama geben lassen. Osvaldo meint allerdings, wichtiger, als ihr Geld zu geben, wäre es, eine Stellung für sie zu finden. Aber das ist nicht einfach, denn sie kann überhaupt nichts. Osvaldo hatte sie bei Frau Peroni untergebracht. Anscheinend gibt es noch eine alte Mutter von Frau Peroni, achtzigjährig, aber noch gut beieinander. Sie wohnen in Montesacro. Mara sollte ein bißchen im Haushalt helfen. Sie hatten sie mit dem Kind aufgenommen und zahlten ihr sogar noch etwas. Aber statt dessen hätte sie beinahe die Wohnung in Brand gesteckt, und die Feuerwehr mußte geholt werden. Jedenfalls habe ich das einer langen wirren Geschichte entnommen, die Mara mir erzählt hat. Zu essen gab es dort allerdings wenig, wenigstens behauptet Mara das. Mittags ein Stückchen Stockfisch und abends noch mal ein Stückchen Stockfisch, das mit Zwiebeln aufgebraten war. Diesen Stockfisch konnte sie nicht verdauen und kam nur mit Alka-Seltzer über die Runden. Außerdem wachte sie nachts vor entsetzlichem Hunger auf und wankte auf der Suche nach Käse durch die Wohnung. So ist ihr die Milch weggeblieben. Osvaldo meint allerdings, das Mädchen lüge. Das Kind ist niedlich, aber sicher nicht von dir. Es hat einen großen Mund und langes schwarzes Haar. Dieses Haar könnte es natürlich von unserem Vater geerbt haben. Jetzt ist sie mit dem Kind wieder in der Via dei Prefetti.

Ray, der Junge, den Du mir geschickt hast, hat eine Woche bei mir gewohnt. Aber er stritt sich mit Oreste. Einmal hat er ihn einen »Revisionisten« genannt. Darüber ist Oreste so wütend geworden, daß er ihm eine runtergehauen hat. Und zwar so, daß Ray aus dem Mund blutete. Ich hatte Angst, er hätte ihm die Zähne eingeschlagen. Aber es war nur eine Platzwunde an der Lippe. Sonia, Ray und ich sind in die Apotheke gegangen. Oreste ist oben geblieben. Er war ganz durcheinander. Ray war nicht durcheinander. Aber seine Lippe blutete so stark, daß das Blut ihm auf die Windjacke tropfte. In der Apotheke sagten sie, es sei nicht schlimm, und klebten ihm ein Hansaplast darüber. Am Tag darauf habe ich Osvaldo angerufen, und jetzt wohnt Ray in Deinem Souterrain. Sonia bringt ihm zu essen und Comic-Heftchen, weil er lernen will, wie man Comics macht. Er hat einen Freund, der Comics macht und ihm versprochen hat, ihn mit dem Verleger dieser Heftchen bekannt zu machen. Deshalb versucht Ray nun dauernd, Frauen mit riesigen Busen und riesigen Augen zu zeichnen. Als er Deine Eulen sah, hat er auch ein paar Eulen gezeichnet, die um diese Busen herumflattern.

Mama hat sich in den Kopf gesetzt, Oreste hätte ihn aus Eifersucht verprügelt. Aber Oreste hätte keinen Grund zur Eifersucht gehabt, denn Ray und ich sind einander vollkommen gleichgültig. Ich finde ihn nicht sympathisch. Aber auch nicht unsympathisch. Er kommt mir vor wie eine Amöbe. Oreste behauptet, er hätte faschistische Ideen. Aber Oreste sieht überall Faschisten und Spitzel. Im übrigen gibt es, wie gesagt, nichts zwischen Ray und mir, er schläft mit Sonia in Deinem Souterrain. Das habe ich Mama erzählt, und sie hat mir gesagt, ich solle ihm Deine Decken wegnehmen und dafür weniger schöne geben. Aber das werde ich, glaube ich, nicht tun, weil mir das abscheulich vorkommt. Mama hat manchmal solche abscheulichen Ideen. Meistens kommen sie ihr allerdings in bezug auf Menschen, die sie nie gesehen hat. Wenn sie Ray sähe, wäre es ihr nicht recht, ihn unter häßlichen Decken schlafen zu lassen. Ich habe Rays Jacke ausgewaschen, weil ich dachte, man könne sie selbst waschen, aber als sie trocken war, war sie hart und steif wie ein Stück Stockfisch.

Sonntag habe ich bei Mama gegessen. Oreste ist nicht mitgekommen, weil er eine Gewerkschaftsversammlung hatte. Ich bin mit der Kleinen dortgewesen. Osvaldo war mit seinem Töchterchen auch dort. Die kleinen Mädchen haben mit den Kaninchen gespielt. Ich kann allerdings nicht begreifen, wie ihnen das Spaß gemacht hat, denn die Kaninchen sind langweilig und ganz verschlafen. Die Zwillinge haben sie an den Ohren aus ihren Käfigen geholt. Sie haben sie aufs Gras gesetzt, und die Kaninchen sind nicht einmal davongelaufen. Es sind Kaninchen, die dauernd Haare lassen. Die Zwillinge sind stundenlang damit beschäftigt, diese Haare wieder von ihren Jacken zu entfernen. Es war ein herrlich sonniger Tag. Aber Mama wirkte deprimiert.

Ich glaube, daß der Tod unseres Vaters sie verstört hat. Ich glaube, sie denkt an die Jahre zurück, als sie noch zusammenlebten. Dauernd kommen ihr die Tränen, und dann steht sie auf und geht in ein anderes Zimmer. Sie hat Papas Bild ins Wohnzimmer gehängt, auf dem sie am Fenster des Hauses in Pieve di Cadore zu sehen ist. Du kannst Dich nicht daran erinnern, weil Du noch klein warst, aber ich erinnere mich an alles. Es war ein entsetzlicher Sommer. Sie stritten nicht mehr, aber man spürte, daß etwas geschehen würde. Manchmal hörte ich Mama nachts weinen.

Ich wußte nicht, wer von beiden recht oder unrecht hatte. Ich fragte mich nicht einmal danach. Ich wußte nur, daß aus ihrem Zimmer Wogen von Angst drangen, die sich durch das ganze Haus verbreiteten. Kein Winkel des Hauses blieb von ihnen verschont. Überall lauerte die Angst. Wir hatten in diesem Haus so viele fröhliche Sommer verlebt. Es war ein schönes Haus. Es gab darin so viele Ecken, in denen man spielen konnte, und einen Holzschuppen und Abstellkammern, in denen man sich verstecken konnte. Und einen Hof mit Truthähnen. Du kannst Dich nicht daran erinnern. Dann kam Cecilia, und wir fuhren mit ihr nach Chianciano. Ein paar Wochen später kam unser Vater dorthin und sagte uns, sie würden sich trennen. Er sagte, Du würdest bei ihm bleiben. Und wir Mädchen bei Mama. Weitere Erklärungen gab es nicht. Sie hatten es eben so beschlossen. Zwei oder drei Tage ist er in Chianciano geblieben. Er saß in der Hotelhalle und rauchte. Er bestellte Martini. Wenn Cecilia etwas zu ihm sagte, fuhr er sie an, sie solle den Mund halten.

Vielleicht ist Mama immer noch in Filippo verliebt. Ich weiß es nicht. Ihr Verhältnis mit Filippo hat so viele Jahre gedauert, und sie hat immer darauf gehofft, daß er eines Tages zu ihr ziehen würde. Statt dessen hat er ein Mädchen geheiratet, das jünger ist als ich. Er hatte nicht den Mut, Mama zu sagen, daß er heiraten wollte.

Filippo ist nicht mutig. Jedenfalls war das für mich eine entsetzliche Woche. Es war im vergangenen Mai. Ich erinnere mich daran, weil der Rosenstock unter unseren Fenstern in der Via dei Villini ganz voll Rosen war.

Praktisch ist Mama jetzt sehr allein. Die Zwillinge hören nicht auf sie. Du bist nicht da. Viola und ich leben unser eigenes Leben. Sie ist allein mit Matilde, und Matilde geht ihr auf die Nerven. Aber sie ist doch etwas, jemand in diesem Haus, eine Stimme, ein Schritt in diesen Zimmern, durch die nie jemand geht. Wer weiß, warum Mama sich dieses riesige Haus gekauft hat. Jetzt scheint sie zu bereuen, daß sie das getan hat. Sie scheint auch zu bereuen, daß sie Matilde hat kommen lassen, und doch weiß sie, daß die vollständige Einsamkeit noch schlimmer für sie wäre. Aber Matilde geht ihr eben auf die Nerven. Matilde nennt sie »mein Herzchen« und fragt sie alle Augenblicke »Wie geht es dir?«, faßt sie unter das Kinn und schaut ihr tief in die Augen. Morgens kommt sie im Badeanzug in ihr Zimmer, um Yoga zu machen, denn sie behauptet, Mamas Zimmer wäre das einzige wirklich warme im ganzen Haus. Mama bringt es nicht fertig, sie rauszuschmeißen. Denn Mama ist plötzlich sehr sanft geworden. Sie muß sich auch »Polenta und Gift«, Matildes Roman anhören, den Matilde aus einem Koffer gekramt hat und korrigieren will, weil Osvaldo ihr unvorsichtigerweise gesagt hat, daß Ada eng mit einem Verleger befreundet ist. Der Verleger heißt Colarosa und hat nur einen kleinen, unbedeutenden Verlag. Ich glaube, er ist Adas Freund. Matilde hat sich auf den Gedanken mit diesem Verleger gestürzt. Jeden Abend liest sie Mama und Osvaldo »Polenta und Gift« vor. Osvaldo kommt jetzt nämlich jeden Abend. Er und

Mama haben sich ziemlich angefreundet. Natürlich ist ihre Freundschaft ohne sexuelle Implikationen. Im übrigen glaube ich nicht, daß Osvaldo sich für Frauen interessiert. Ich habe das Gefühl, daß er ein verkappter Homosexueller ist. Und daß er insgeheim und unbewußt in Dich verliebt ist. Ich weiß nicht, was Du davon hältst, mir jedenfalls kommt es so vor.

Ich würde Dich gern wiedersehen. Mir geht es gut. Flora geht in den Kindergarten. Sie ißt dort und kommt um vier nach Hause. Sonia holt sie dort ab, weil ich bis um sieben im Büro bin. Meine Arbeit dort wird immer mieser und dämlicher. Augenblicklich muß ich einen langen Artikel über schweres Wasser übersetzen. Wenn ich nach Hause komme, muß ich einkaufen, Abendessen machen und Orestes Hemden bügeln, weil er keine Hemden will, die nicht gebügelt zu werden brauchen. Danach geht er in die Zeitung, und ich schlafe vor dem Fernseher ein.

Ich umarme Dich.

                                                    Angelica

10

»Ich finde sie total schwachsinnig«, sagte Mara.

»Da täuschst du dich«, erwiderte Osvaldo.

»Total«, wiederholte Mara.

»Nein, manchmal ist sie von seltenem Scharfsinn und großer Klarsicht. Natürlich hat sie ihre Grenzen. Aber jedenfalls ist sie meine Frau, und ich möchte dich bitten, sie nicht als schwachsinnig zu bezeichnen. Ich bin seit einer Viertelstunde hier, und bisher hast du noch nichts anderes gesagt.«

»Ihr lebt doch getrennt. Sie ist nicht mehr deine Frau.«

»Trotzdem ärgert es mich, wenn die Leute in meiner Gegenwart schlecht von ihr reden.«

»Kommt das oft vor?«

»Das geht dich nichts an.«

»Ich finde sie weder schön noch elegant.«

»Aber sie ist schön und manchmal auch sehr elegant.«

»Gestern war sie nicht elegant. Und neulich auch nicht. Jedesmal hatte sie diesen Pelz an. Amerikanischen Wolf. Die Straßen wimmeln nur so von diesen amerikanischen Wölfen, es hängt einem schon zum Halse heraus. Ihre Figur habe ich nicht gesehen, weil sie den Pelz dauernd anbehalten hat. Sie hat zwar schlanke Beine, aber ihre Knie sind dick. Und dann trägt sie diese große Brille mit einem Schildpattgestell. Warum trägt sie nicht lieber eine kleine Brille mit unsichtbarem Gestell? Und einen leichten Schnurrbart hat sie auch. Er ist zwar gebleicht, aber nicht zu übersehen. Sie ging dauernd mit den Händen in den Taschen umher. Dabei sah sie aus, als studiere sie uns, mich, das Kind und die Wohnung. Gestern fragtest du sie, ob sie finde, das Kind sei gewachsen. Sie antwortete, sie finde es reizend, aber in einem Ton, als spreche sie von einer Lampe. Nett ist sie auch nicht.«

»Ada ist im Grunde schüchtern.«

»Für dich sind alle Leute schüchtern. Du hattest mir doch gesagt, wenn sie herkäme, brächte sie gleich Elektriker und Maurer mit. Aber sie hat niemanden mitgebracht. Keine Stecknadel hat sie angerührt. Alles, was ihr eingefallen ist, war, daß es hier nach Klo riecht. Das weiß ich auch von allein.«

»Sie hat nicht gesagt, es röche nach Klo, sondern nach Hof, oder etwas in der Art.«

»Gegen den Geruch in diesem Haus kann man nichts machen. Es gibt eben Häuser, die stinken, und dieses Haus stinkt. Du ahnst nicht, wieviel Geld ich für Eau de Javelle und Salzsäure ausgegeben habe. Einen bemerkenswerten Rat für das Haus hat sie mir auch nicht gegeben. Nur, daß ich mir in der Kaufhalle ein Abtropfbrett kaufen solle. Ein fabelhafter Einfall.«

»Hast du es dir denn gekauft?«

»Nein. Dazu hatte ich noch keine Zeit. Mehr als eine Woche bin ich bei den verdammten Peronis gewesen. Schlecht waren sie ja nicht, sondern sogar recht nett, aber mit ihrem ewigen Stockfisch sind sie daran schuld, daß mir die Milch weggeblieben ist. Als ich hierher zurückkam, regnete es durch das Dach. Ich habe einen Maurer bestellt. Ich und nicht etwa deine Frau. Anschließend habe ich nichts als Scherereien gehabt. Ich fürchte, daß ich hier ausziehen muß. Meine Freundin, die mich hier wohnen läßt, ist neulich mit einem japanischen Freund gekommen und hat gesagt, sie wolle hier eine Boutique mit Sachen aus dem Orient aufmachen. Ich habe eingewandt, diese Wohnung im obersten Stockwerk, die noch dazu nach Klo riecht, scheine mir dafür wenig geeignet. Der Japaner war recht nett und hat vorgeschlagen, ich könnte ja als Verkäuferin in der Boutique arbeiten. Meine Freundin meinte, Boutique hin, Boutique her, jedenfalls wolle sie die Wohnung wiederhaben, weil sie Geld brauche. Dann haben wir uns gezankt und sind in Eiseskälte auseinandergegangen. Nur der Japaner war noch so nett, mir zu sagen, er wolle mir einen Kimono schenken, denn er hatte von meinem versengten Kasack gehört. Aber wenn die mich wahrhaftig an die Luft setzt, weiß ich nicht, wohin ich gehen soll. Natürlich könnte ich in dem vielbesprochenen Souterrain wohnen. Michele kommt ja einstweilen nicht zurück.«

»Das Souterrain gehört Ada. Ich weiß nicht, was Ada damit vorhat. Vielleicht will sie es vermieten.«

»Mein Gott, ihr hängt aber alle am Geld. Ich kann nun mal keine Miete bezahlen. Später vielleicht. Dieses Souterrain ist ziemlich dunkel und vielleicht sogar feucht, aber mir wäre es recht. Es wäre auch bequem, weil du im Stockwerk darüber wohnst, und ich dich nachts rufen könnte, wenn ich dich brauche.«

»Ich wünsche, nachts nicht geweckt zu werden«, sagte Osvaldo.

11

den 29. Dezember 70

Lieber Michele,

Deine Schwester Angelica war bei mir. Ich hatte sie noch nie gesehen. Sie ist sympathisch und wunderschön. Sie hat mir Geld gebracht. Sechzigtausend Lire. Mit sechzigtausend Lire kann ich zwar nichts anfangen, aber es war ein netter Gedanke. Ich weiß, daß Du ihr gesagt hast, sie solle sie mir bringen. Danke. Ich habe Deiner Schwester gesagt, ich würde Deine Mutter gern besuchen. Aber sie hat gemeint, Deine Mutter sei gegenwärtig sehr deprimiert, doch später, wenn sie nicht mehr so deprimiert sei, könne ich sie sicher besuchen.

Angelica hat mir Deine Adresse gegeben, so kann ich Dir zum Tod Deines Vaters kondolieren. Gleichzeitig schicke ich Dir meine guten Wünsche für Weihnachten und das Neue Jahr. Weihnachten ist zwar eigentlich schon vorüber. Am Weihnachtstag war ich allein und traurig, das Kind hatte eine verstopfte Nase und weinte, aber gegen Abend kam ein japanischer Bekannter von mir und brachte mir einen schwarzen Kimono mit zwei großen Sonnenblumen, eine hinten und eine vorn.

Ich kann Dir die erfreuliche Nachricht geben, daß ich Arbeit gefunden habe. Ich habe schon angefangen. Das Kind bringe ich morgens zu einer Dame, die noch sechs andere Kinder versorgt. Abends hole ich es wieder ab. Dafür bezahle ich im Monat zwanzigtausend Lire. Die Arbeit hat Osvaldos Frau Ada für mich gefunden. Sie hat auch die Dame ausfindig gemacht, die die Kinder hütet. Ich finde Ada idiotisch, aber ich muß zugeben, daß sie mit mir sehr nett gewesen ist.

Ich arbeite bei einem Verleger, der Fabio Colarosa heißt. Er ist Adas Freund. Vielleicht schlafen sie zusammen. Das weiß man nicht genau. Osvaldo meint, sie schliefen vielleicht schon seit zwei Jahren zusammen. Er ist klein und mager mit einer großen, langen, gebogenen Nase. Er sieht aus wie ein Pelikan. Das Büro ist in der Via Po. Ich habe ein großes Zimmer für mich allein. In einem anderen Zimmer sitzt, ebenfalls allein, Colarosa. Er sitzt hinter seinem Schreibtisch und denkt nach, und wenn er nachdenkt, zieht er die Nase und den Mund kraus. Ab und zu spricht er mit geschlossenen Augen etwas in ein Diktaphon und streicht sich dabei ganz langsam über die Haare. Ich muß die Briefe und alles, was er ins Diktaphon gesprochen hat, tippen. Manchmal spricht er nur Gedanken in sein Diktaphon. Diese Gedanken sind schwierig, und ich verstehe sie nicht. Ich muß auch das Telefon bedienen, aber er bekommt keine Anrufe, nur manchmal von Ada. In einem anderen großen Raum packen zwei junge Leute die Bücher ein und zeichnen die Schutzumschläge. Wir werden auch das Buch Deiner Tante Matilde herausbringen. Es heißt »Polenta und Wein« oder so ähnlich. Der Schutzumschlag dafür ist schon fertig. Mit einer Sonne und Erdschollen, in denen eine Hacke steckt, denn es ist eine Bauerngeschichte. Die Jungen sagen, der Schutzumschlag sehe aus wie ein sozialistisches Plakat. Das Geld für die Veröffentlichung gibt Deine Mutter. Sie hätte dieses Geld ebenso gut mir geben können, denn ich hätte es nötig. In meiner Stellung bekomme ich monatlich fünfzigtausend Lire. Damit kann ich nichts anfangen. Aber Colarosa hat mir eine Gehaltserhöhung versprochen. Er meint, es macht ihm nichts aus, daß ich kein Englisch kann.

Osvaldo hat mir erzählt, um Ada zu überreden, mich ihrem Freund Colarosa zu empfehlen, habe er zwei Tage gebraucht. Schließlich hat sie mich empfohlen, hat aber dazu gesagt, ich sei verrückt. Er hat ihr geantwortet, er habe nichts gegen Verrückte. Eine großartige Antwort, finde ich.

Mittags gehe ich hinunter in eine Bar und hole mir einen Capuccino und ein Brötchen. Neulich hat Colarosa gesehen, wie ich in die Bar ging, und hat mich ins Restaurant eingeladen. Er ist eher schweigsam, gehört aber nicht zu den Schweigern, bei denen man sich nicht wohl fühlt. Ab und zu stellt er einem eine ganz kurze Frage, und dann hört er einem zu und zieht dabei Nase und Mund kraus. Mir hat das Spaß gemacht. Im Grunde weiß ich nicht, wieso mir das Spaß macht, wo er doch so wenig gesprochen hat. Er hat mir erklärt, daß er aus den Gedanken, die er ins Diktaphon spricht, ein Buch machen will. Ich habe ihn gefragt, ob das Buch Deiner Tante Matilde schön ist, und er hat mir geantwortet, es sei hundsmiserabel. Er würde es nur veröffentlichen, um Ada einen Gefallen zu tun, die Osvaldo einen Gefallen tun möchte, der Deiner Tante einen Gefallen tun möchte usw. Außerdem übernimmt Deine Mutter ja die ganzen Kosten.

Das Kind gleicht Dir. Es hat zwar glattes schwarzes Haar, und Dein Haar ist rötlich und gelockt. Aber Kinder kriegen später anderes Haar und das, das nachwächst hat eine andere Farbe. Seine Augen sind grau wie Blei, und Deine sind grün, aber man weiß ja, daß sich auch die Augenfarbe von Kindern noch ändert. Ich würde mich freuen, wenn das Kind von Dir wäre, aber leider weiß ich es nicht genau. Du brauchst aber keine Angst zu haben, daß ich von Dir verlange, Du sollest Vaterpflichten übernehmen, wenn Du zurückkommst. Ich wäre ja blöde, wenn ich das verlangte, und ein Aas wäre ich auch, denn ich bin ja nicht sicher, daß Du der Vater bist. Unter diesen Umständen hat das Kind keinen Vater, und manchmal kommt mir das schrecklich vor, aber manchmal bin ich auch guten Mutes und finde es so ganz richtig.

Mit Dir war es immer lustig. Ich weiß nicht, weshalb es lustig war, aber man versteht eben nicht, warum man sich mit manchen Menschen langweilt und mit anderen nicht. Manchmal kroch Dir etwas über die Leber, und Du sprachst nicht mit mir. Ich redete und Du antwortetest nur mit einem Raunzen, ohne den Mund aufzumachen. Wenn ich mich jetzt an Dich erinnern will, raunze ich genauso und habe dann sofort das Gefühl, Dich vor mir zu sehen. In der letzten Zeit kroch Dir fast immer etwas über die Leber, wenn Du mit mir zusammen warst. Vielleicht fandest Du, daß ich wie eine Klette an Dir hing. Aber ich wollte nichts, ich wollte nur Deine Gesellschaft. Wenn Du es genau wissen willst, so habe ich nie daran gedacht, daß Du mich heiraten solltest, ja, bei dem Gedanken, Dich zu heiraten, mußte ich lachen, und manchmal graute mir sogar davor. Wenn mir dieser Gedanke manchmal doch kam, habe ich ihn schleunigst abgeschüttelt.

Damals, als wir uns verabredet hatten und Du leichenblaß angerast kamst und mir erzähltest, Du hättest eine Nonne umgefahren, tatest Du mir schrecklich leid. Nachher im Souterrain hast Du mir gesagt, daß sie tot war. Du hattest Deinen Kopf tief ins Kissen vergraben, und ich tröstete Dich. Aber am Morgen danach hast Du nicht mit mir gesprochen, und wenn ich Dir über das Haar streichelte, raunztest Du nur und zogst Deinen Kopf fort. Du hast schon einen scheußlichen Charakter, aber das ist nicht der Grund, warum ich Dich nicht heiraten will. Heiraten will ich Dich nicht, weil Du mir damals und auch sonst noch oft leidgetan hast, und ich möchte einen Mann heiraten, der mir nie leidtut, denn leid tue ich mir schon selbst. Ich möchte einen Mann heiraten, den ich beneide.

Ich umarme Dich und werde Dir manchmal schreiben.

Mara

12

den 6. Januar 70

Lieber Michele,

Es war sehr schön, Dich am Telefon zu sprechen. Ich habe Deine Stimme ganz deutlich gehört. Osvaldo war so freundlich, mich abzuholen und mich bei ihm zu Hause telefonieren zu lassen. So hat auch er Dir guten Tag sagen können.

Ich freute mich zu hören, daß Du mit den Hunden im Wald spazierengehst. Ich stelle mir vor, wie Du durch die Wälder streifst. Ich bin froh, daß ich daran dachte, Dir die Stiefel zu schicken, denn dort ist es sicher morastig und das Gras ist naß. Auch ich hätte hier ringsum Wälder, wenn ich auf die Höhe hinaufstiege, und Matilde schlägt mir ab und zu auch vor, dort oben spazierenzugehen, doch allein bei dem Gedanken, ihre Tiroler Kotze neben mir flattern zu sehen, vergeht mir jede Lust zum Spazierengehen. Aber auch allein mag ich nicht hinauf in die Wälder gehen, und die Zwillinge wollen nie ein bißchen mit mir laufen. So betrachte ich die Wälder nur durch die Fenster, und sie kommen mir sehr weit entfernt vor. Vielleicht muß man, um auf dem Land spazierenzugehen, ruhig und froh gestimmt sein, und ich wünsche mir, daß Du das bist.

Allerdings verstehe ich nicht, was Du eigentlich vorhast. Osvaldo meint, ich solle Dich in Ruhe lassen. Du lerntest dort Englisch und kümmertest Dich um den Haushalt, und seiner Ansicht nach ist das immer nützlich. Aber ich würde gern wissen, wann Du zurückzukommen gedenkst.

Mit Osvaldo bin ich in Deinem Souterrain gewesen,

um Deine Bilder zu holen. Dort trafen wir Deinen Freund Ray an, der, wie Du weißt, jetzt dort wohnt. Dann war noch eine gewisse Sonia da, eine Freundin von Angelica mit einem schwarzen Pferdeschwanz. Und noch ein paar andere junge Leute. Sie waren etwa zu zwölft. Sie saßen auf dem Bett und am Boden. Als wir die Tür aufmachten, die nicht abgeschlossen war, und hereinkamen, rührten sie sich nicht, sondern machten weiter, was sie taten, nämlich gar nichts. Sonia half uns, die Bilder ins Auto zu tragen. Die anderen haben sich nicht gerührt. Zu Hause angekommen, habe ich alle Deine Bilder aufgehängt. Ich finde sie gar nicht schön, aber da Du mit dem Malen aufgehört hast, ist es in gewisser Hinsicht sogar besser, daß sie nicht schön sind. Osvaldo behauptet, wahrscheinlich hättest Du es für immer aufgegeben. Weiß der Teufel, was Du jetzt machen willst. Osvaldo meint, ich solle mir darüber keine Gedanken machen. Irgend etwas würdest Du schon tun.

Es hat mich entsetzlich melancholisch gemacht, den Keller wiederzusehen. Ich hatte den Eindruck, daß es auch Osvaldo melancholisch stimmte. Das Bett war nicht gemacht, und ich sah die Decken, die ich Dir gekauft habe. Ich pfeife auf diese Decken, aber ich hatte Angelica gesagt, sie solle sie sich nehmen. Denn sie schwimmt weiß Gott nicht in Decken.

Weihnachten haben Matilde und ich allein verbracht. Die Zwillinge waren zum Skilaufen in Campo Imperatore. Angelica und Oreste bei ihren Freunden Bettoia, die ich nicht kenne. Viola und Elio bei seinen Eltern auf dem Land. Trotzdem hat Matilde eine Art Weihnachtsessen gekocht, obgleich sie und ich allein in der Küche gegessen haben. Cloti war in ihr Dorf gefahren, und wir dachten schon, sie käme nicht zurück, denn sie hatte fast alle ihre Kleider mitgenommen. Matilde hatte einen Kapaun gemacht und ihn mit Kastanien und Weinbeeren gefüllt, und hinterher gab es Vanillekrem. Wir hatten deshalb die Küche voll von schmutzigem Geschirr, denn die Geschirrspülmaschine war kaputt. Matilde ging nach dem Essen schlafen und sagte, das Geschirr könnten die Zwillinge spülen, wenn sie zurückkämen. Matilde macht sich über die Zwillinge Illusionen. Das Geschirr habe ich gespült und abgetrocknet. Am späten Nachmittag erschien Osvaldo mit seinem Töchterchen Elisabetta und ihrem Hund. Ich habe ihnen den Rest der Krem angeboten. Das Kind hat sie nicht angerührt, sondern fing an, in den Heftchen der Zwillinge zu lesen. Osvaldo hat die Geschirrspülmaschine in Ordnung gebracht. Als sie schon im Aufbruch waren, erschien Matilde und war wütend, daß ich sie nicht geweckt hatte. Sie behauptete, sie sei aus schierer Langeweile schlafen gegangen, weil uns in diesem Haus nie ein Mensch besuche. Sie bestand darauf, Osvaldo und das Kind sollten zum Abendessen bleiben, und schließlich ist das dann auch geschehen. Danach war wieder ein Haufen Geschirr zum Spülen da, denn als ich die Geschirrspülmaschine anstellte, ist sie sofort wieder kaputtgegangen, und Fluten von Wasser ergossen sich auf den Fußboden. Am Tag darauf ist Cloti entgegen allen Erwartungen wieder hier erschienen. Sie hat uns eine Tasche voll Äpfel mitgebracht, die Matilde verschlingt, indem sie einfach hineinbeißt, und dabei behauptet, um sich wirklich gesund zu fühlen, müsse sie alle halbe Stunde einen Apfel essen.

Osvaldo besucht uns beinahe jeden Abend. Matilde meint, er sei in mich verliebt, aber Matilde ist nicht recht gescheit. Ich glaube, er kommt dem Gesetz der Trägheit folgend, weil er sich das nun einmal so angewöhnt hat. Erst kam er, um sich den Roman »Polenta und Gift« anzuhören, aber der ist jetzt mit Gottes Hilfe zu Ende. Matilde las ihn mit ihrer heiseren, tiefen Stimme vor, und Osvaldo und ich saßen erschöpft und dösend dabei. Jetzt hat ihn Osvaldo einem Verleger verpaßt, der mit Ada befreundet ist. Die Kosten übernehme ich, weil Matilde mich darum gebeten hat, und ich es nicht fertigbrachte, ihr das abzuschlagen.

Osvaldo verstehe ich nicht. Er ist mir nicht unsympathisch, aber er langweilt mich. Er sitzt hier bis Mitternacht herum. Blättert in Zeitschriften. Nur selten sagt er etwas. Gewöhnlich wartet er darauf, daß ich rede. Ich gebe mir einige Mühe, mich mit ihm zu unterhalten, aber wir haben nur wenige gemeinsame Themen. Zu Zeiten von »Polenta und Gift« schlief man zwar, aber es gab wenigstens einen Grund, um aufzubleiben. Jetzt sehe ich keinen Grund dazu. Und doch muß ich Dir sagen, daß ich mich freue, wenn Osvaldo auftaucht. Ich habe mich an ihn gewöhnt. Bei seinem Erscheinen fühle ich mich auf seltsame Weise zugleich erleichtert und gelangweilt.

Ich umarme Dich.

Deine Mutter

Ich habe Osvaldo gefragt, ob das Mädchen Mara Castorelli auch im Souterrain war, als wir Deine Bilder dort abgeholt haben. Er hat das verneint. Sie sei mit den Leuten dort nicht befreundet, sondern habe einen anderen Kreis. Ich habe ihr durch Angelica Geld geschickt. Angelica und Osvaldo waren der Meinung, man müsse ihr Geld schicken, weil sie sich mit dem armen Kind in einer verzweifelten Lage befinde. Jetzt haben sie ihr eine Stellung bei dem Verleger besorgt, der mit Ada befreundet ist. Diese Ada ist doch ein wahres Gottesgeschenk.

13

den 8. Januar 71

Lieber Michele,

Gestern ist das Testament Deines Vaters eröffnet worden. Es lag bei Lillino. Dein Vater hat es sofort nach Beginn seiner Krankheit geschrieben. Ich wußte nichts von seiner Existenz. Wir – Lillino, Matilde, Angelica, Viola, Elio und ich – sind zu seiner Eröffnung in der Kanzlei des Anwalts gewesen. Oreste konnte wegen irgendeiner Verpflichtung bei seiner Zeitung nicht kommen.

Dein Vater hinterläßt Dir einen Teil seiner Bilder, und zwar die, die zwischen 1945 und 1955 entstanden sind, die Wohnung in der Via San Sebastianello und den Turm. Ich habe den Eindruck, daß Deine Schwestern sehr viel weniger als Du bekommen haben. Sie erben die Grundstücke bei Spoleto, von denen schon viele verkauft, einige aber noch vorhanden sind. Matilde und Cecilia hat Dein Vater ein Möbelstück vermacht, seine piemontesische Barockkredenz, und Matilde hat sofort erklärt, die könne Cecilia haben, denn sie wisse nicht, was sie damit anfangen solle. Ich frage mich, was die arme Cecilia, halbblind und nicht mehr ganz bei Sinnen, wie sie ist, damit anfangen soll.

Laß uns bitte wissen, was Du mit der Wohnung in der Via San Sebastianello vorhast, ob Du sie verkaufen, vermieten oder selbst bewohnen willst. Von dem Turm weißt Du, daß der Architekt schon mit Instandsetzungsarbeiten begonnen hatte, vorläufig ruht nun aber alles. Die Pläne, denen Dein Vater schriftlich zugestimmt hatte, bringen große Kosten mit sich. Lillino meint, er und ich sollten hinfahren und uns den Turm und die Arbeiten, die schon ausgeführt worden sind, anschauen. Lillino hat diesen Turm nie gesehen, hält es aber für ausgeschlossen, daß er eine gute Geldanlage ist, denn um mit dem Auto an ihn heranfahren zu können, müßte man eine Straße in die Felsen sprengen. Vorläufig erreicht man ihn nur über einen steilen Fußpfad. Ich habe wenig Lust, ihn in Lillinos Gesellschaft hinaufzuklettern.

Mir wäre es lieb, Du kämest und entschiedest selbst darüber. Ich kann für Dich keine Entscheidungen treffen. Wie sollte ich das tun, wenn ich nicht einmal begriffen habe, wo und wie Du leben willst.

Deine Mutter

14

den 12. Januar 71

Liebe Mama,

Ich danke Dir für Deine Briefe. Ich schreibe Dir in aller Eile, weil ich von Sussex aufbreche und mit einem Mädchen, das ich hier kennengelernt habe, nach Leeds gehe. Das Mädchen soll in einer Schule in Leeds Zeichenunterricht geben. Ich denke, ich werde in dieser Schule das Geschirr spülen und die Heizung besorgen können. In der Besorgung von Heizungen und im Geschirrspülen habe ich nämlich einige Geschicklichkeit und Fixigkeit erworben.

Die beiden, bei denen ich hier war, der Professor und seine Frau, sind nette Leute, und wir trennen uns in ziemlich gutem Einvernehmen. Er ist ein bißchen schwul, aber nur ein bißchen. Er hat mich Klarinette spielen gelehrt.

Leeds kann als Stadt nichts Besonderes sein. Ich habe Ansichtskarten davon gesehen. Das Mädchen, mit dem ich dort hingehe, ist auch nichts Besonderes, sie ist nicht dumm, aber ein bißchen langweilig. Ich gehe mit ihr, weil ich hier alles leid bin.

Bitte schick mir doch so schnell wie möglich ein bißchen Geld nach Leeds. Ich weiß noch nicht, wo ich dort wohnen werde, aber Du kannst mir das Geld an die Adresse der Mutter dieses Mädchens schicken, die ich am Schluß des Briefes beifüge. Bitte schick mir an dieselbe Adresse auch Kants »Prolegomena«. Auch sie hätte ich gern möglichst schnell. Du findest sie im Souterrain. Hier gibt es sie zwar, aber nur auf englisch, und ich finde sie schon auf italienisch schwierig genug. Vielleicht fände man sie hier in einer Bibliothek. Aber ich bin kein Freund von Bibliotheken. Danke.

Vorerst kann ich nicht zurückkommen. Ehrlich gesagt, hindert mich jetzt zwar nichts mehr daran, aber ich habe keine Lust dazu. Ich sehe nicht ein, warum Du nicht in die Wohnung in der Via San Sebastianello ziehen willst, denn Deinen Briefen entnehme ich, daß Du ziemlich runter bist und nicht mehr auf dem Land leben magst.

Über den Turm entscheidet am besten Ihr. Ich glaube nicht, daß ich dort jemals wohnen werde, weder im Winter noch im Sommer.

Wenn Du nicht in die Via San Sebastianello ziehen willst, kannst Du vielleicht meine Bekannte dort unterbringen, ich meine Mara Castorelli, der Du Geld geschickt hast. Wie Du weißt, hat sie eine Wohnung in der Via dei Prefetti, aber wahrscheinlich wohnt sie dort nicht sehr bequem. Die Wohnung in der Via San Sebastianello dagegen ist sehr bequem. Ich habe sie in guter Erinnerung.

Sag Matilde meine Glückwünsche zum Erscheinen ihres Romans »Polenta und Wein«. Umarme mir die Zwillinge und die anderen.

Michele

Schreibt mir per Adresse Mrs. Thomas, 52 Bedford Road, Leeds.

15

den 25. Januar 71

Lieber Michele,

Mir ist etwas höchst Seltsames widerfahren, und ich habe das Bedürfnis, es Dir sofort zu erzählen. Fabio und ich haben gestern zusammen geschlafen. Fabio ist der Verleger Colarosa. Der Pelikan. Du ahnst nicht, wie sehr er einem Pelikan gleicht. Er ist Adas Freund. Ich habe ihn Ada weggeschnappt.

Er hat mich ins Restaurant eingeladen. Dann brachte er mich nach Hause, denn es war Feiertag, und der Verlag blieb nachmittags geschlossen. Er sagte, er wolle gern mit heraufkommen und sich das Kind anschauen. Ada hatte ihm von dem Kind erzählt. Ich habe ihm erklärt, daß das Kind nicht dasei. Ich hatte es zu der bewußten Dame gebracht. Er sagte, dann würde er sich gern meine Wohnung anschauen. Ich schämte mich, weil es in der Wohnung doch immer nach Klo riecht. Außerdem hatte ich morgens alles in größter Unordnung hinterlassen. Aber er bestand so sehr darauf, daß ich ihn mit heraufnahm. Er setzte sich in den einzigen Sessel, dessen Segeltuchbespannung zerrissen ist. Ich machte ihm einen Nescafé. Ich bot ihn ihm in einer rosa Plastiktasse an, die mir eine Freundin in einer Pension geschenkt hatte. Andere Tassen besitze ich nicht. Ich müßte schon lange zu Standa gehen, um mir das Nötigste zu kaufen, aber ich habe nie dazu Zeit. Als er den Nescafé ausgetrunken hatte, begann er auf und ab zu gehen. Ich fragte ihn, ob er etwa den Gestank röche. Er verneinte. Er sagte mir, er habe zwar eine große Nase, röche damit aber nichts. Inzwischen hatte ich das Bett gemacht und mich darauf gesetzt. Er setzte sich neben mich, und dann haben wir eben zusammen geschlafen. Nachher war ich darüber einfach platt. Er ist eingeschlafen, und ich betrachtete seine große Nase. Ich sagte mir: Mein Gott, nun liege ich mit dem Pelikan im Bett.

Um fünf Uhr mußte ich das Kind abholen. Er wachte auf, während ich mich anzog. Er sagte, er wolle noch ein bißchen liegenbleiben. Ich ging fort und kam mit dem Kind zurück. Er lag immer noch im Bett, hob seine Nase, um das Kind anzuschauen, und sagte, er finde es prächtig. Dann hat er sich wieder hingelegt. Ich machte dem Kind seine Milch und freute mich, daß er da war, denn wenn ich die Milch heiß mache, bin ich nicht gern allein. Eigentlich müßte ich mich daran gewöhnt haben, denn ich bin fast immer allein, aber ich habe mich nicht daran gewöhnt. Zum Abendessen hatte ich ein Lendchen, ich habe es gebraten, und jeder von uns hat eine Hälfte gegessen. Beim Essen habe ich ihm gesagt, ich fände, er sehe genau wie ein Pelikan aus. Er meinte, das hätte ihm schon mal jemand gesagt. Er konnte sich aber nicht daran erinnern, wer. Ich sagte: »Vielleicht Ada.« Aber ich merkte gleich, daß er keine große Lust hatte, von Ada zu sprechen. Dafür hatte ich um so größere Lust. Ich sagte ihm nicht, daß ich sie schwachsinnig finde. Ich sagte bloß, ich fände sie ein bißchen schwer zu ertragen. Darüber lachte er. Ich fragte ihn, ob er genug gegessen hätte. Er antwortete, Pelikane äßen wenig. Er ist die ganze Nacht geblieben. Am Morgen zog er sich an und ging fort. Im Büro haben wir uns wiedergesehen. Er saß dort mit seinem Diktaphon. Als ich hereinkam, hat er mir zugezwinkert. Gesagt aber hat er nichts. Er siezte mich. Ich begriff, daß er im Büro nicht dergleichen tun wollte. Er lud mich nicht ins Restaurant ein. Ada kam und holte ihn ab. So sitze ich hier und habe Hunger, denn seit gestern Abend habe ich nur ein halbes Lendchen und ein Brötchen gegessen und zwei Capuccino getrunken. Jetzt gehe ich runter und kaufe mir Schinken.

Ich weiß nicht, wann er wiederkommt. Er hat es mir nicht gesagt. Ich habe das Gefühl, daß ich mich verliebt habe. Er tut mir überhaupt nicht leid, während Du mir manchmal leid getan hast. Ich beneide ihn. Ich beneide ihn, weil er so verträumt, seltsam und geheimnisvoll aussieht. Auch Du sahst manchmal verträumt aus, aber Deine Geheimnisse kamen mir vor wie Kinderspiele. Er dagegen sieht aus, als habe er richtige Geheimnisse, die er nie jemand erzählen wird und die sehr kompliziert und seltsam sind. Darum beneide ich ihn. Denn ich habe nicht einmal das kleinste Geheimnis.

Es war schon so lange her, daß ich mit jemandem ins Bett gegangen war. Seit das Kind auf der Welt ist, habe ich mit niemandem mehr geschlafen. Teils, weil mir niemand über den Weg gelaufen ist. Und teils, weil ich keine Lust mehr dazu hatte. Der Japaner ist schwul. Osvaldo denkt auch im Traum nicht daran, mit mir zu schlafen. Entweder ist auch er schwul oder er findet mich nicht anziehend. Ich weiß es nicht.

Gleich kommt Angelica mich abholen, denn wir wollen zu einer Freundin von ihr gehen, die einen Kinderwagen hat. Er steht bei ihr unter der Treppe, und sie braucht ihn nicht mehr. Angelica sagt, wir müßten ihn mit Lysoform abwaschen.

Ich weiß nicht, ob ich Angelica vom Pelikan erzählen werde. Ich kenne sie nur flüchtig, und am Ende hat sie dann den Eindruck, ich ginge mit dem ersten besten.

Aber vielleicht erzähle ich es ihr doch, denn ich komme beinahe um vor Lust, es ihr zu erzählen. Und Osvaldo erzähle ich es bestimmt, sobald ich ihn treffe. Ich habe Ada ihren Pelikan fortgeschnappt.

Ich umarme Dich.

Mara

Angelica war da. Den Kinderwagen haben wir auch geholt, einen wirklich guten Kinderwagen. Unterwegs habe ich Angelica alles erzählt.

Angelica hat mir Deine neue Adresse gegeben. Sie hat mir gesagt, daß Leeds, wohin Du jetzt gegangen bist, eine graue, sehr trübselige Stadt ist. Weiß der Teufel, was Du dort tun willst. Angelica behauptet, Du seiest einem Mädchen dorthin nachgelaufen. Ich war sofort eifersüchtig auf dieses Mädchen. Ich mache mir nichts aus Dir, ich habe für Dich nur freundschaftliche Gefühle, und trotzdem bin ich auf jedes Mädchen eifersüchtig, dem Du begegnest.

16

Angelica stand auf. Ihr Kind war seit zwei Tagen bei einer Freundin zu Besuch. Oreste war in Orvieto. Sie ging barfuß durch die Wohnung und machte die Fensterläden auf. Es war ein feuchter, sonniger Morgen. Von dem kleinen Platz vor ihrem Haus stieg ein Geruch von frischem Brot auf. In der Küche fand sie ihre grünen Frotteepantoffeln und schlüpfte hinein. Auf der Schreibmaschine im Eßzimmer lag die weiße Gummihaube, die sie zum Duschen trug. Sie setzte sie auf und stopfte ihr ganzes Haar darunter. Nachdem sie geduscht hatte, zog sie einen roten Bademantel an, der noch feucht war, weil Oreste ihn am Abend zuvor benutzt hatte. Sie machte sich Tee, setzte sich in die Küche, trank den Tee und las dabei in der Zeitung vom Vortag. Sie setzte die Bademütze ab, und ihr Haar fiel wieder auf ihre Schultern. Dann ging sie sich anziehen. Die Strumpfhosen, nach denen sie in einer Schublade suchte, hatten alle Laufmaschen. Schließlich fand sie ein Paar, das zwar keine Laufmaschen hatte, dafür aber ein Loch an der großen Zehe. Sie zog ihre Stiefel an, und während sie sie schnürte, dachte sie darüber nach, daß sie Oreste nicht mehr liebte. Die Vorstellung, daß er den ganzen Tag in Orvieto bleiben würde, empfand sie wie eine Befreiung. Auch er liebte sie nicht mehr. Sie überlegte, daß er wahrscheinlich in das Mädchen verliebt war, das die Frauenseite in seiner Zeitung machte. Dann dachte sie, daß das alles vielleicht gar nicht stimmte. Sie schlüpfte in ihren Trägerrock und kratzte mit dem Fingernagel einen weißen Fleck davon ab. Der Fleck bestand aus Milch und Mehl. Am Abend zuvor hatten sie Apfelküchlein gebacken, sie,

Oreste und das Ehepaar Bettoia. Beim Essen hatte sie ihren Kopf an Orestes Schulter gelehnt, und er hatte für ein paar Augenblicke den Arm um sie gelegt. Dann hatte er ihren Kopf fortgeschoben und gesagt, ihm sei heiß. Er hatte seine Jacke abgelegt und ihr vorgeworfen, sie habe die Zentralheizung zu stark angestellt. Auch dem Ehepaar Bettoia war heiß. Die Apfelküchlein hatten ein bißchen zu viel Öl aufgesogen. Sie band ihre Haare vor dem Spiegel zusammen und betrachtete ihr schmales, ernstes und bleiches Gesicht.

Die Türglocke läutete. Es war Viola. Sie trug einen neuen schwarzen Mantel mit einem Leopardenkragen. Ihr schwarzes Haar fiel glatt und glänzend auf die Schultern herab. Ihre braunen Augen waren blau geschminkt, ihre Nase klein und hübsch. Unter der etwas aufgeworfenen Oberlippe ihres kleinen Mundes waren ihre kräftigen schneeweißen Zähne zu sehen. Sie zog den Mantel aus und legte ihn behutsam auf den großen Koffer in der Diele. Unter dem Mantel trug sie einen roten Pullover mit einem weiten runden Ausschnitt. Angelica schenkte ihr Tee ein. Viola legte die Hände um ihre Tasse, weil sie fror. Sie fragte Angelica, warum sie die Heizung nicht stärker angestellt habe.

Sie war gekommen, um ihr zu sagen, daß sie das Testament nicht gerecht finde. Vor allem finde sie es nicht richtig, daß ihr Vater den Turm Michele vermacht hatte. Sie und Elio hätten es wunderschön gefunden, wenn die Schwestern den Turm bekommen hätten, um dort immer den Sommer zu verbringen. Michele machte sich doch nichts aus diesem Turm. Angelica erwiderte, sie habe diesen Turm nie gesehen, wisse aber, daß es viel Geld kosten würde, ihn bewohnbar zu machen, und dieses

Geld habe sie nicht. Im übrigen gehöre der Turm nun einmal Michele. »Du Schaf«, antwortete Viola, »um das notwendige Geld zu bekommen, brauchte man doch nur ein paar von den Grundstücken in Spoleto zu verkaufen.« Sie bat um einen Zwieback, da sie noch nicht gefrühstückt habe. Angelica hatte keinen Zwieback, sondern nur zerbröckelte Grissini in einer Zellophantüte. Viola begann die Grissini in den Tee zu tauchen und zu verspeisen. Sie sei wahrscheinlich schwanger, äußerte sie, denn es sei schon zehn Tage über ihre Zeit. Und morgens sei sie von einer so seltsamen Mattigkeit. »In den ersten Tagen spürt man noch gar nichts«, wandte Angelica ein. »Morgen lasse ich den Froschtest machen«, erklärte Viola. Sie hatte ausgerechnet, daß das Kind in den ersten Augusttagen zur Welt kommen würde. »Ein ganz schlechter Monat, um ein Kind zu kriegen. Ich werde vor Hitze umkommen. Es wird entsetzlich sein.« In zwei Jahren hätten sie sich alle in dem Turm treffen können. Elio hätte von den Felsen Muscheln gesammelt. Er sammelte doch so gern Muscheln. Sie hätten köstliche Muschelsuppen gegessen. Und auf einem Rost im Freien hätten sie Steaks gebraten. Oreste und Elio wären auf Unterwasserjagd gegangen. Dann hätten sie statt der Steaks Rotbarsch gegrillt. »Oreste ist noch nie auf Unterwasserjagd gegangen«, wandte Angelica ein. Das Telefon läutete. Angelica nahm den Hörer ab. Es war Osvaldo. Er teilte ihr mit, Ray sei bei einer Demonstration am Kopf verletzt worden. Jetzt war er in der Poliklinik. Sie solle dorthin kommen.

Angelica schlüpfte in ihren Borgmantel und bat Viola, sie mit dem Wagen dorthin zu bringen, denn mit ihrem Auto war Oreste fortgefahren. Auf der Treppe äußerte

Viola, es sei ihr nicht danach, Angelica in die Poliklinik zu bringen. Sie fühle sich nicht gut und sei müde. Dann werde sie eben ein Taxi nehmen, entschied Angelica. Als sie dann aber gerade einsteigen wollte, hatte Viola sich die Sache anders überlegt. Der Taxifahrer fluchte.

Im Auto begann Viola noch einmal von dem Turm zu reden. Oben darauf könnte man eine Dachterrasse anlegen, und dort würde sie das Kind in seinem Wagen hinstellen. Dort oben würde es viel frische Luft haben. »Wieso denn frische Luft?« fragte Angelica. »Meines Wissens ist es auf der Isola del Giglio sehr heiß. Die Sonne würde auf die Dachterrasse brennen und Dein Kind dort bei lebendigem Leibe braten.« »Dann bringen wir eben eine Markise an«, schlug Viola vor. »Und in die Zimmer lassen wir Sandsteinböden legen. Die sind kühl, leicht zu pflegen und widerstandsfähiger als Majolikafliesen.« Angelica äußerte, soweit sie sich erinnern könne, habe ihr Vater schon zentnerweise Majolikafliesen gekauft. Und auf jeden Fall gehöre der Turm ja Michele. »Michele wird nie dort hingehen«, wandte Viola ein. »Er wird nie heiraten und nie eine eigene Familie haben. Er ist homosexuell.« »Das bildest du dir nur ein«, entgegnete Angelica. »Er ist homosexuell«, bestand Viola auf ihrer Meinung, »du hast bloß nicht gemerkt, daß Osvaldo und er ein Verhältnis hatten.« »Das bildest du dir nur ein«, wiederholte Angelica, aber während sie das sagte, wurde ihr klar, daß auch sie das immer geglaubt hatte. »Michele hatte hier ein Mädchen, und das Kind dieses Mädchens ist wahrscheinlich von ihm.« »Weil er bisexuell ist«, behauptete Viola. »Osvaldo hat eine Tochter, ist er etwa auch bisexuell?« »Natürlich«, antwortete Viola.

»Der arme Michele«, fing Viola von neuem an, »wenn ich an ihn denke, schnürt es mir das Herz zusammen.« »Mir tut Michele gar nicht leid, ich werde sogar richtig fröhlich, wenn ich an ihn denke.« Aber in Wirklichkeit schnürte es auch Angelica bei dem Gedanken an ihn das Herz zusammen, und sie hatte ein Gefühl totaler Auflösung. »Michele ist jetzt mit einem Mädchen in Leeds«, fuhr sie fort. »Das weiß ich«, sagte Viola. »Er kommt ja niemals zur Ruhe. Er zieht von einem Ort zum anderen. Probiert dies und probiert das. Unser Vater hat ihn auf dem Gewissen. Er vergötterte und verzog ihn. Er hat ihn Mama und uns fortgenommen. Er vernachlässigte ihn. Er vergötterte ihn, und gleichzeitig vernachlässigte er ihn. Er ließ ihn mit alten Köchinnen allein zu Hause. Und so ist Michele homosexuell geworden. Aus Einsamkeit. Er sehnte sich nach Mama und uns Schwestern, und wenn man an Frauen als etwas Unerreichbares denkt, dann wird man eben homosexuell. Das hat mir mein Analytiker gesagt. Du weißt doch, daß ich zu einem Analytiker gehe.« »Ja, das weiß ich.« »Ich konnte nie schlafen. Ich hatte dauernd Angstgefühle. Seit ich zum Analytiker gehe, schlafe ich besser.« »Jedenfalls ist Michele nicht homosexuell«, sagte Angelica abschließend, »und auch nicht bisexuell. Er ist ganz normal. Und selbst wenn er bisexuell wäre, sähe ich darin keinen Grund, ihm seinen Turm wegzunehmen.«

Viola erklärte, sie käme für einen Augenblick mit in die Poliklinik. Dort trafen sie Osvaldo, Sonia und Ada im Wartezimmer der Unfallstation an. Osvaldo hatte Ada kommen lassen, weil sie mit einem Arzt in der Poliklinik befreundet war. Sonia hatte Rays Windjacke über dem Arm. Sie war in seiner Nähe, als man ihn niedergerissen hatte. Sie kannte die, die das getan hatten. Es waren Faschisten. Mit Fahrradketten. Der Arzt, den Ada kannte, kam vorüber, und Ada lief hinter ihm her. Er versicherte ihr, Ray habe nichts Ernstliches und könne nach Hause gehen.

Viola und Ada tranken in der Bar etwas. Ada hatte einen Kaffee bestellt und Viola einen heißen Chinalikör. Sie sagte, sie wolle jetzt gehen, denn ihr zitterten die Knie. Sie habe sich so aufgeregt und Krankenhäuser seien ihr gräßlich. Sie hätte einen Pfleger mit einer Schüssel voll blutiger Verbände vorbeigehen sehen. Sie befürchte eine Fehlgeburt. Ada fragte sie, in welchem Monat sie sei. Im ersten, antwortete Viola. Da erzählte ihr Ada, sie habe noch im siebten Monat Tag und Nacht im Krankenhaus bei einem Dienstmädchen gewacht, das eine Bauchfellverletzung gehabt habe.

Ray kam mit verbundenem Kopf aus der Unfallstation. Ada und Viola waren fortgegangen. Sonia und Angelica stiegen mit Ray in Osvaldos Fiat 500. Sie fuhren zu Osvaldo. Ray legte sich auf das Sofa im Wohnzimmer. Es war ein großes Wohnzimmer mit Sofas und Sesseln, deren Bezüge abgenutzt und fadenscheinig waren. Osvaldo brachte eine Flasche Lambrusco. Angelica trank ein Glas davon und kuschelte sich mit dem Kopf auf der Armlehne in einen Sessel. Sie schaute zu, wie Osvaldo und Sonia zwischen Zimmer und Küche aus und ein gingen. Sie schaute auf Osvaldos breiten Rücken in der Kamelhaarweste und auf seinen mächtigen Quadratschädel mit dem schütteren blonden Haar. Sie dachte, wie froh sie war, mit Osvaldo, Sonia und Ray hierzusein, und wie froh, daß Viola und Ada nicht mitgekommen waren. Sie fand das Leben wunderbar. Sie überlegte, daß

Osvaldo vielleicht wirklich, wie Viola behauptete, Micheles Liebhaber war, aber es fiel ihr schwer, sich das vorzustellen, und es war ihr auf jeden Fall gleich. Ray war eingeschlafen und hatte sich das Plaid über den Kopf gezogen. Osvaldo brachte eine Terrine und stellte sie auf den Glastisch vor dem Sofa. Sonia brachte Suppenteller. Ray wachte auf, und sie aßen Spaghetti, die mit Öl, Knoblauch und kleinen Pfefferschoten zubereitet waren. Den Nachmittag verbrachten sie mit dem Anhören von Schallplatten, rauchten dazu, tranken Lambrusco, und hin und wieder sagte jemand ein Wort. Als es dunkel wurde, kehrte Ray in sein Souterrain zurück und Sonia mit ihm.

Angelica mußte nach Hause, und Osvaldo kam mit ihr. Er habe keine Lust allein zu bleiben, sagte er, nachdem sie zu viert einen so schönen Nachmittag mit Nichtstun verbracht hätten.

Zu Hause wartete Angelica am Fenster auf ihr Kind. Osvaldo hatte sich in die Lektüre eines Buches vertieft, das er auf der Schreibmaschine entdeckt hatte. Es war »Zehn Tage, die die Welt erschütterten«. Angelica sah das Kind aus dem Wagen hüpfen. Es winkte den Freunden, bei denen es zu Gast gewesen war, einen Abschiedsgruß zu.

Das kleine Mädchen war fröhlich und müde. Es war in Anzio gewesen und hatte dort im Pinienwald gespielt. Abendessen hatte es schon in einem Restaurant bekommen. Angelica schaute zu, wie die Kleine sich auszog, und half ihr, den Pyjama zuknöpfen. Sie machte das Licht aus und küßte den blonden Schopf, der unter der Decke hervorschaute. Dann ging sie in die Küche, nahm ein Messer und eine Zeitung und schabte den Schmutz von den kleinen Schuhen des Kindes. Sie erhitzte tiefgefrorene Erbsen und schnetzelte übriggebliebenen Schinken darüber. Oreste würde spät nach Hause kommen. Sie setzte sich in einen Sessel neben Osvaldo, zog die Stiefel aus und betrachtete das Loch in ihrem Strumpf, das inzwischen sehr groß geworden war. Osvaldo las noch immer. Sie legte den Kopf auf die Armlehne und schlief ein. Sie träumte von dem Wort »bisexuell«. Ihr Traum bestand nur aus diesem Wort und aus Majolikafliesen, die in einem Pinienwald umhergestreut waren. Das Telefon weckte sie. Es war Elio. Er bat sie, wenn es ihr möglich sei, zu ihnen zu kommen. Viola hatte eine Blutung. Sie war in Tränen aufgelöst und wollte jemanden bei sich haben. Elio sagte ihr, es sei schwachsinnig gewesen, sie ins Krankenhaus mitzunehmen. Sie hatte sich aufgeregt und eine Fehlgeburt gehabt. Vielleicht war es gar keine Fehlgeburt, meinte Angelica, sondern einfach ihre Menstruation. Wahrscheinlich sei es doch eine Fehlgeburt, entgegnete Elio, und Viola sei verzweifelt, weil sie sich doch so sehr ein Kind gewünscht hatte. Angelica schnürte ihre Stiefel wieder zu, sagte zu Osvaldo, er solle dableiben, bis Oreste käme, und ging zu Viola.

17

Leeds, den 15. Februar 71

Liebe Angelica,

Ich schreibe Dir etwas, das Dich vielleicht verwundert. Ich heirate. Bitte geh doch auf das Polizeirevier an der Piazza San Silvestro und besorge mir meine Papiere. Ich weiß nicht, welche Papiere notwendig sind. Ich heirate, sobald ich sie habe.

Ich heirate ein Mädchen, das ich hier in Leeds kennengelernt habe. Eigentlich ist sie kein Mädchen, denn sie ist geschieden und hat zwei Kinder. Sie ist Amerikanerin und Dozentin für Kernphysik. Die Kinder sind reizend. Ich liebe Kinder. Nicht, wenn sie ganz klein sind, sondern schon sechs oder sieben Jahre alt wie diese. Ich finde sie sehr drollig.

Ich will Dir nicht des langen und breiten das Mädchen beschreiben, das ich heirate. Sie ist dreißig Jahre alt. Nicht hübsch. Sie trägt eine Brille und ist sehr intelligent. Ich liebe Intelligenz.

Es sieht so aus, als bekäme ich eine Arbeit. Ein Mädcheninternat hier in Leeds sucht einen Italienischlehrer. Bisher habe ich in einem anderen Internat, in dem Josephine, das Mädchen, mit dem ich hierhergekommen bin, unterrichtete, als Tellerwäscher gearbeitet. Ihr könnt mir noch an die Adresse von Josephines Mutter schreiben. Ich habe noch keine Wohnung, suche aber eine. Eileen, das Mädchen, das ich heirate, wohnt mit ihren Kindern bei ihren Eltern, und die Wohnung ist klein. Es ist für mich kein Platz darin. Ich habe ein Zimmer in einer Pension, deren Adresse ich Euch aber nicht gebe, weil ich dort ausziehen will.

Vielleicht schreibe ich auch an Mama, aber einstweilen kannst Du es ihr ja beibringen. Bring es ihr vorsichtig bei, denn solche Nachrichten werfen sie um. Sag ihr, sie könne ruhig sein, denn ich habe es mir überlegt. Vielleicht kommen wir in den Osterferien nach Italien, und dann könnt Ihr Eileen und die Kinder kennenlernen.

Ich umarme Dich. Schick mir nur rasch meine Papiere.

Michele

Leeds, den 15. Februar 71

Liebe Mara,
ich teile Dir mit, daß ich heirate. Die Frau, die ich heirate, ist etwas ganz Besonderes. Sie ist die intelligenteste Frau, der ich je begegnet bin.

Schreib mir. Deine Briefe machen mir Spaß. Ich habe sie Eileen vorgelesen. Eileen ist meine Frau. Das heißt, sie wird in drei Wochen, sobald ich meine Papiere habe, meine Frau. Dein Pelikan hat uns großen Spaß gemacht.

Ich schicke Dir ein Paket mit zwölf Strampelhosen aus Frottee für das Kind. Eileen wollte, daß ich sie Dir schicke. Sie sind von ihren Kindern und noch sehr gut. Sie sagt, sie wären außerordentlich praktisch. Man kann sie in der Waschmaschine waschen. Allerdings hast Du vielleicht keine Waschmaschine. Geh sorgfältig mit ihnen um, denn vielleicht verlange ich sie von Dir zurück, wenn Eileen und ich Kinder kriegen sollten. Eileen hat mir gesagt, ich solle Dir schreiben, Du dürftest sie nicht wegwerfen.

Dem Pelikan alles Gute.

Michele

19

Leeds, den 15. Februar 71

Lieber Osvaldo,
Entschuldige, daß ich Dir seit meiner Abreise noch nie geschrieben habe. Die paar Worte, die wir am Telefon miteinander gesprochen haben, als Du mich anriefst, um mir zu sagen, daß mein Vater gestorben sei, und danach, als meine Mutter bei Dir war, reichen nicht aus, und ich bin mir klar darüber, daß ich Dir hätte schreiben und genaue Nachrichten über mich geben sollen. Aber Du weißt, daß es mir nicht liegt, genaue Nachrichten über mich zu geben. Ich habe gehört, daß Du viel bei meinen Angehörigen bist, die Abende bei meiner Mutter verbringst und meine Schwestern siehst. Das freut mich sehr.

Ich teile Dir etwas mit, das Dich vielleicht verwundert. Ich habe beschlossen zu heiraten. Das Mädchen, das ich heirate, heißt Eileen Robson. Sie ist geschieden und hat zwei Kinder. Hübsch ist sie nicht, sondern manchmal geradezu häßlich. Sehr, sehr mager. Mit vielen Sommersprossen. Mit einer riesigen Brille wie Ada. Doch häßlicher als Ada. Aber sie ist vielleicht das, was man einen Typ nennt.

Sie ist sehr intelligent. Ihre Intelligenz fasziniert mich und gibt mir Sicherheit. Vielleicht weil ich nicht sehr intelligent bin, sondern nur wach und sensibel. Deshalb weiß ich, was Intelligenz ist und was mir gefehlt hat. »Wach und sensibel« habe ich geschrieben, weil ich mich daran erinnere, daß Du mich einmal so genannt hast.

Ich könnte nicht mit einer dummen Frau leben. Ich bin nicht sehr intelligent, aber ich verehre die Intelligenz, ja ich vergöttere sie.

In meinem Souterrain, ich glaube ganz unten in einer Schublade der Kommode, liegt ein Schal. Ein sehr schöner Schal, echt Kaschmir, mit weißen und blauen Streifen. Mein Vater hat ihn mir geschenkt. Ich möchte, daß Du ihn Dir holst und ihn trägst. Zu wissen, daß Du diesen Schal um den Hals hast, wenn Du abends aus Deinem Lädchen kommst und den Lungotevere entlanggehst, würde mich glücklich machen. Ich habe unsere langen Spaziergänge bei Sonnenuntergang den Tiber hinauf und hinab nicht vergessen.

                Michele

den 22. Februar 71

Lieber Michele,
Der Kaschmirschal ist unauffindbar. Aber ich habe mir einen Schal gekauft, wohl nicht aus Kaschmir und ohne blaue Streifen, einen einfachen weißen Schal. Den trage ich und stelle mir vor, es wäre Dein Schal. Es ist mir klar, daß er nur ein Ersatz ist. Aber wir leben ja alle nur von Surrogaten.

Deine Mutter besuche ich oft, die sehr sympathisch ist, und bin auch sonst, wie Du gehört hast, häufig mit Deinen Angehörigen zusammen.

Im übrigen ist mein Leben so, wie Du es kennst, das heißt immer gleich. Ich gehe in mein Lädchen, höre mir die Klagen von Frau Peroni über ihre Krampfadern und ihre Arthritis an, blättere in den Rechnungen und unterhalte mich mit den seltenen Kunden. Ich bringe Elisabetta in ihre Gymnastikstunde, hole sie dort wieder ab, wandere am Tiber entlang, lehne mich mit den Händen in den Taschen ans Brückengeländer und betrachte den Sonnenuntergang.

Ich wünsche Dir viel Glück zu Deiner Hochzeit. Als Geschenk habe ich Dir eine Ausgabe der »Fleurs du mal« in rotem Maroquinleder geschickt.

Osvaldo

21

den 23. Februar 71

Lieber Michele,
Angelica ist bei mir und hat mir erzählt, daß Du heiratest. Sie sagt, Du hättest ihr geschrieben, sie solle mich vorsichtig darauf vorbereiten, damit mich die Nachricht nicht umwirft. Aber sie hat es mir sofort und gerade heraus gesagt, kaum war sie im Zimmer. Angelica kennt mich besser als Du. Sie weiß, daß ich ohnehin so verstört bin, daß mich nichts noch mehr verstören kann. Es mag Dir seltsam erscheinen, aber mich verwundert und erschreckt nichts mehr, weil Verwunderung und Erschrekken bei mir zum Dauerzustand geworden sind.

Ich liege seit zehn Tagen krank zu Bett, deshalb habe ich Dir nicht mehr geschrieben. Ich habe Doktor Bovo kommen lassen, den Arzt Deines Vaters, der in der Via San Sebastianello im vierten Stock wohnt. Ich habe eine Rippenfellentzündung. Zu schreiben »ich habe eine Rippenfellentzündung« kommt mir höchst seltsam vor, weil ich in meinem Leben noch nie etwas gehabt und mich immer als robust betrachtet habe. Krank waren immer nur die anderen.

Angelica hat mir Deinen Brief zu lesen gegeben. Über einige Sätze in diesem Brief habe ich mich gewundert, obgleich ich inzwischen eigentlich vor jeder Verwunderung gefeit bin. »Ich liebe Intelligenz«, »Ich liebe Kinder«. Ehrlich gesagt, wußte ich nicht, daß Du Intelligenz und Kinder liebst. Aber diese Sätze haben einen zutiefst positiven Eindruck auf mich gemacht. Als rängest Du Dich endlich zu Klarheit und Entschlossenheit durch. Als träfest Du endlich unwiderrufliche Entscheidungen.

Ich freue mich, Dich Ostern wiederzusehen und Deine Frau und ihre Kinder kennenzulernen. Allein die Aussicht, Kinder im Haus zu haben, macht mich zwar schon müde, aber da ich Dich auf diese Weise wiedersehe, werde ich Euch alle freudig willkommen heißen.

Die Tatsache, daß die Frau, die Du heiraten willst, dreißig Jahre alt ist, empfinde ich durchaus nicht als etwas Negatives. Offenbar hast Du das Bedürfnis, eine Frau, die älter als Du ist, an Deiner Seite zu haben. Du brauchst eben mütterliche Liebe, weil Dein Vater Dich mir weggenommen hat, als Du klein warst. Gott verzeihe ihm, wenn es einen Gott gibt, was vielleicht nicht ganz ausgeschlossen ist. Ich denke manchmal darüber nach, wie selten wir, Du und ich, zusammengewesen sind, wie wenig wir einander kennen und wie oberflächlich Du mich und ich Dich beurteile. Ich finde Dich konfus, und doch weiß ich nicht, ob Du wirklich so konfus und nicht vielmehr von verborgener Weisheit bist.

Anscheinend bekomme ich nun, dank Adas Hilfe, endlich ein Telefon. Als sie hörte, daß ich krank bin, ist sie persönlich zu der Telefongesellschaft gegangen.

Ich vergaß, Dir etwas sehr Wichtiges mitzuteilen. Osvaldo meint, Ada würde Deinen Turm gern kaufen. Das wäre eine großartige Sache, denn es würde Dich von einer großen Last befreien, auch wenn Du in Wirklichkeit nie an diesen Turm denkst. Ursprünglich wollten Viola und Elio ihn Dir abkaufen, aber nachdem sie ihn gesehen haben, waren sie von ihm enttäuscht. Sie sagen, man schwitze sich die Seele aus dem Leib, bis man den steilen Pfad zu ihm hinauf erklommen habe. Und der Turm sehe so aus, als bräche er zusammen, wenn man ihn auch nur berühre. Der Architekt hat noch nicht mit den Umbauarbeiten begonnen, das einzige, was er getan hat, ist, daß er mit ein paar Maurern dorthin gegangen ist, um einen Waschtisch abmontieren und eine Wand einreißen zu lassen. Der Waschtisch liegt jetzt draußen zwischen den Brennesseln. Die Majolikafliesen sind ausgesucht und bestellt worden, liegen aber noch bei der Firma, die inzwischen Klage erhoben hat. Nach Adas Ansicht ist dieser Architekt ein regelrechter Dummkopf. Sie hat sich den Turm zusammen mit ihrem Architekten angeschaut. Sie will ein Schwimmbad, eine Treppe zum Meer hinunter und eine Zufahrtsstraße bauen lassen. Dein Vater hat für diesen Turm, – das erfuhren wir jetzt – nicht eine Million bezahlt, wie er behauptete, sondern zehn Millionen. Ada würde Dir fünfzehn zahlen. Du müßtest nun eine Entscheidung treffen.

Ich denke, daß Du Hemden und Strümpfe und vielleicht auch einen dunklen Anzug brauchst. Ich kann mich meiner Krankheit wegen jetzt nicht darum kümmern, und Angelica hat keine Zeit. Viola ist niedergeschlagen und deprimiert, vielleicht ein leichter nervöser Erschöpfungszustand. Wir sind eben alle schlecht dran. Matilde hat über »Polenta und Gift« endgültig den Kopf verloren, geht jeden Tag zu dem Verleger Colarosa, um die Fahnen zu lesen, den Schutzumschlag zu betrachten und ihm auf die Nerven zu fallen. In Colarosas Verlag arbeitet jetzt Deine Freundin Mara Martorelli. Matilde hat sie dort gesehen und erzählt, sie trüge einen unsäglichen japanischen Kimono mit riesigen Blumen darauf.

Ich schließe diesen Brief, weil Angelica, die ihn einstecken will, darauf wartet.

Ich umarme Dich und wünsche Dir Glück, sofern es ein Glück gibt, was vielleicht nicht ganz ausgeschlossen ist, auch wenn wir seinen Spuren in dieser Welt nur selten begegnen.

Deine Mutter

22

den 29. Februar 71

Lieber Michele,

Die zwölf Strampelhosen aus Frottee habe ich bekommen. Du hättest Dir nicht die Mühe zu machen brauchen, sie zu schicken, denn sie sind schon recht vertragen, mit abgerissenen Druckknöpfen und hart und steif wie Sardinen. Sag Deiner Eileen oder wie sie sonst heißt, daß ich keine Bettlerin bin. Und sag ihr, daß mein Kind wunderhübsche neue und weiche Strampelhosen aus einem süßen Frottee mit rosa und himmelblauen Blümchen besitzt. Trotzdem vielen Dank.

Ich teile Dir mit, daß ich zum Pelikan gezogen bin. Ich bin hier vorgestern abend mit Sack und Pack angekommen, weil meine Freundin mich in der Via Prefetti an die Luft gesetzt hat. Ich habe ihr erzählt, daß ich den Pelikan habe, und darauf meinte sie, dann brauche ich ja die Via dei Prefetti nicht mehr und solle machen, daß ich fortkäme. Sie denkt daran, aus der Wohnung eine Art Club, eine Graphik-Galerie oder dergleichen zu machen. Und nicht mehr eine Boutique. Jedenfalls hat sie mir gesagt, sie brauche Geld, sehr viel Geld und ich solle keine langen Geschichten machen, sondern abziehen. Natürlich hätte ich darauf bestehen können zu bleiben, aber ich habe eine Stinkwut bekommen. In zwanzig Minuten hatte ich mein Bündel geschnürt, habe mein Kind genommen, alles in seinen Wagen gepackt und bin zu Fabio gegangen. Er hat ein Penthouse an der Piazza Campitelli, der Pelikan. Ein wunderbares Penthouse, mit dem die Via dei Prefetti gar nicht zu vergleichen ist. Er war ein bißchen bestürzt, als ich abends bei ihm auftauchte, hat aber seine Haushälterin sofort losgeschickt, um für das Kind Milch und für mich im *Piccione*, der Geflügelbraterei am Largo Argentina, ein Huhn zu kaufen. Das Kind bekommt jetzt Milch aus der Molkerei, ich weiß nicht, ob ich Dir das schon geschrieben habe, keine Trockenmilch mehr.

Ich war schon früher bei Fabio, und sein Penthouse hatte mir gleich in die Augen gestochen. Das einzige, was mir hier nicht gefällt, ist seine Haushälterin, eine große, dicke Frau von etwa fünfzig Jahren, die hart und kein bißchen freundlich ist, mich streng von oben bis unten mustert und mir keine Antwort gibt, wenn ich sie anspreche. Das Kind behandelt sie, als sei es ein Lumpenbündel. Ich habe Fabio vorgeschlagen, sie zu entlassen. Aber er zögert und behauptet, sie sei Gold wert.

Ins Büro gehe ich nicht mehr. Ich bleibe zu Hause, genieße das Penthouse und sonne mich auf der Terrasse. Das Kind stelle ich auf der Terrasse in den Schatten eines Sonnenschirmes, und es geht uns so gut, wie ich es gar nicht sagen kann. Ich bringe das Kind nicht mehr zu der Dame, denn sie vernachlässigte es, wechselte seine Windeln nicht, und ich bin sicher, daß sie es einfach schreien ließ. Wenn Fabio aus dem Büro nach Hause kommt, setzt er sich zu uns auf die Terrasse, wir halten uns bei der Hand und lassen uns von Belinda – das ist die Fünfzigjährige in einer rosa Kittelschürze – Tomatensaft bringen. Anfangs war Fabio ein bißchen betreten, aber wenn ich ihn jetzt frage, ob er glücklich ist, zieht er seine große Nase kraus und sagt ja. Mit Ada ist es aus. Er sieht sie nicht mehr. Ich habe Osvaldo angerufen, um zu hören, wie Ada es aufgenommen hat. Er sagte, sie habe es übelgenommen, aber unserer Verbindung nur eine kurze

Lebensdauer prophezeit. Ich dagegen glaube, daß ich den Pelikan heiraten werde. Ich werde noch mehr Kinder kriegen, denn Kinder sind für mich das Schönste auf der Welt. Gewiß braucht man Geld, um Kinder zu haben, sonst ist es entsetzlich, aber ich habe begriffen, daß der Pelikan Milliardär ist. Natürlich heirate ich ihn nicht des Geldes wegen, ich heirate ihn, weil ich ihn liebe, aber ich bin froh, daß er soviel Geld hat, ich beneide ihn um seinen Reichtum und seine Intelligenz, und manchmal beneide ich ihn sogar um seine große Nase.

Ich gratuliere Dir sehr zu Deiner Hochzeit, gratuliere Du mir auch zu der meinen, denn Du wirst sehen, daß ich vielleicht sogar noch vor Dir heirate.

Zu Deiner Hochzeit schenke ich Dir ein Bild von Mafai. Ich schicke es Dir nicht, denn ein Bild von Mafai zu schicken, ist nicht so einfach. Es hängt hier beim Pelikan in unserem Schlafzimmer, und ich habe ihn gefragt, ob ich es Dir schenken darf, und er hat ja gesagt.

Mara

23

Leeds, den 18. März 71

Liebe Angelica,
Ich habe die Papiere bekommen und danke Dir dafür. Mittwoch habe ich geheiratet.

Ich höre, daß Mama krank ist, das tut mir leid. Ich hoffe, es ist nichts Ernstes.

Eileen und ich haben ein kleines zweistöckiges Haus in der Nelson Road gefunden, die endlos lang ist und in der alle Häuser gleich aussehen. Wir haben zwei Quadratmeter Garten, in dem ich Rosen pflanzen werde.

Danke Mama für das Geld, die Hemden und den dunklen Anzug, den ich an meinem Hochzeitstag nicht getragen habe und niemals tragen werde. Ich habe ihn eingemottet und in den Schrank gehängt.

Eileen geht morgens früh zur Universität und bringt dabei die Kinder in die Schule. Ich gehe etwas später fort. Ich räume zu Hause auf, spüle das Frühstücksgeschirr und rolle die Teppichmaschine über den Teppichboden. Das alles aber erst seit zwei Tagen. Jedenfalls geht alles gut.

An meinem Hochzeitstag haben wir mit Eileens Eltern im Restaurant gegessen. Diese Eltern sind sterblich in mich verliebt.

Ich hörte, daß Viola und Elio zu meiner Hochzeit kommen wollten, ich erfuhr es wie üblich von dem Verwandten der Frau Peroni, der deshalb eigens zu mir in die Pension kam, wo ich bis vorgestern wohnte. Zum Glück sind sie nicht gekommen, zum Glück ist niemand von Euch gekommen. Nicht, daß ich Euch nicht wiedersehen möchte, ich möchte Euch alle sogar sehr gern wiedersehen, aber wir haben alles für die Hochzeit so schnell vorbereitet, ohne viel Gewicht darauf zu legen, daß es für Viola und Elio und vielleicht auch für Euch eine Enttäuschung bedeutet hätte, wenn Ihr gekommen wäret.

Sag Oreste, daß meine Frau Mitglied der Kommunistischen Partei ist, eine der ganz wenigen Kommunisten, die es hier gibt. Ich bin immer noch kein Kommunist, ich bin immer noch nichts, ich habe den Kontakt zu meinen römischen Freunden verloren und weiß nichts mehr von ihnen. Dabei bin ich doch aus politischen Gründen fortgegangen, nicht nur deswegen, aber auch deswegen. Jetzt fiele es mir schwer zu sagen, weshalb ich eigentlich fortgegangen bin. Jedenfalls befasse ich mich jetzt nicht mit Politik, meine Frau befaßt sich damit, und das genügt mir.

Ich brauchte ein Buch, Kants »Kritik der reinen Vernunft«. Sieh mal zu, ob Du es in meinem Souterrain finden kannst, vorausgesetzt, daß das Souterrain noch existiert und daß ich es noch mein eigen nennen kann.

Ich umarme Dich.

Michele

24

den 23. März 71

Lieber Michele,

Ich bin seit zwei Tagen wieder auf den Füßen, und es geht mir gut. Ich fühle mich noch ein bißchen matt, aber das wird vorübergehen.

Ich hätte mich sehr über einen Brief von Dir gefreut, aber Du bist sparsam mit Briefen an Deine Mutter. Immerhin habe ich über Angelica Nachrichten von Dir. Ich bin froh, daß Du ein hübsches Haus hast, jedenfalls stelle ich es mir mit dem kleinen Garten und dem Teppichboden hübsch vor. Nicht vorstellen kann ich mir allerdings Dich mit der Teppichmaschine. Und ebensowenig kann ich mir vorstellen, wie Du Rosen züchtest. Ich bin mit meinen Gedanken augenblicklich weit fort von Rosen und habe das Gefühl, daß ich auch keine züchten könnte, und doch bin ich auch zu diesem Zweck aufs Land gegangen. Mag sein, es liegt daran, daß es noch Winter ist und recht kalt und daß es ziemlich häufig regnet, aber ich habe die Vorstellung, daß ich mich auch im Frühjahr nicht um meinen Garten hier kümmern, sondern einen Gärtner anstellen und meinerseits kein Blatt anrühren werde. Ich habe nicht den grünen Daumen, den man Ada nachsagt. Vor allem die Rosen erinnern mich an die Via dei Villini, wo dieser herrliche Rosenstrauch genau unter meinem Fenster stand, in dem Garten, der nicht uns, sondern unseren Nachbarn gehörte. In dürren Worten, Rosen erinnern mich an Filippo. Nicht, daß ich nicht an ihn erinnert sein möchte, ich erinnere mich ohnehin bei tausend Gelegenheiten an ihn, und mein Gedächtnis wandert auf zahllosen Wegen zu ihm, aber ich muß in dem Augenblick auf die Rosen geschaut haben, als er mir sagte, alles sei zu Ende, und deshalb habe ich jetzt immer, wenn ich einen Rosenstrauch sehe, das Gefühl, es tue sich plötzlich ein Abgrund unter meinen Füßen auf, darum wird es hier in meinem Garten zwar vielleicht Blumen, aber gewiß keine Rosensträucher geben.

Da Du und ich uns in vieler Hinsicht ähneln, glaube ich nicht, daß Du dazu gemacht bist, Dich mit Blumen zu befassen. Aber vielleicht bist Du in diesen Monaten ein anderer Mensch geworden als der, den ich kannte, und bist nun anders als ich. Und möglicherweise macht Eileen noch einmal einen anderen Menschen aus Dir. Ich habe Vertrauen zu Eileen. Ich glaube, sie wird mir sympathisch sein. Ich möchte, daß Du mir eine Fotografie von ihr schickst. Die, die Du geschickt hast, ist so klein, daß man nichts als einen langen Regenmantel sieht. Du sagst mir, sie sei sehr intelligent. Auch ich liebe wie Du die Intelligenz. Ich war immer darauf aus, mit intelligenten Menschen zusammenzuleben. Dein Vater war seltsam und genial. Wir haben es nicht fertiggebracht zusammen zu leben, vielleicht weil wir beide zu starke Persönlichkeiten waren und jeder viel freien Raum um sich brauchte. Filippo ist seltsam und sehr intelligent. Leider hat er sich von mir getrennt. Er ist gänzlich aus meinem Leben ausgeschieden. Wir sehen uns nicht mehr. Wir hätten Freunde bleiben können, wenn ich das gewollt hätte, aber ich habe es nicht gewollt. Denn wir hätten uns nur in Gegenwart dieser kleinen Frau mit dem knochigen Gesicht, die er geheiratet hat, sehen können. Es muß eine ganz törichte kleine Frau sein. Aber vielleicht war ihm die Beziehung zu mir zu anstrengend. Ich halte mich nicht für sehr intelligent, aber für ihn war ich vielleicht doch zu intelligent. Nicht alle lieben Intelligenz. Ich habe eine sehr schöne Erinnerung an meine Jahre mit Filippo, auch wenn sich dann dieser Abgrund aufgetan hat. Meine Erinnerungen an ihn sind wunderbare Erinnerungen. Er hat zwar nie zu mir ziehen wollen und alle möglichen Gründe dafür vorgeschützt, seine Studien, die durch die Zwillinge gestört worden wären, seine Gesundheit und die seiner Mutter. Doch das waren alles Vorwände. In Wirklichkeit hatte er keine Lust, mit mir zusammen zu leben. Vielleicht liebte er mich dazu nicht genug. Trotzdem habe ich schöne Erinnerungen an die Stunden, die er bei uns in der Via dei Villini verbracht hat, wenn er mit Viola und Angelica Schach spielte, den Zwillingen ihre Schulaufgaben abhörte, Curryreis kochte und in meinem Zimmer das Buch tippte, das er später veröffentlicht hat, »Religion und Schmerz«. Während meiner Krankheit habe ich viel an Filippo gedacht und ihm auch einen Brief geschrieben, den ich dann aber zerrissen habe. Vor ein paar Tagen hat seine Frau ein Töchterchen bekommen. Sie haben mir eine Anzeige mit einem rosa Storch darauf geschickt, der davonfliegt. Zu dämlich. Das Kind haben sie Vanessa genannt. Auch dämlich. Sag doch nur, ob das ein Name ist, den man einem Kind geben kann.

Ich sitze, um Dir diesen Brief zu schreiben, in meinem Zimmer am brennenden Kamin. Durch die Fenster sehe ich auf unseren kahlen, öden Garten ohne Blumen mit zwei schmiedeeisernen Lampen, imitierten Kutscherlampen, die ich ohne wirkliche Überzeugung ausgesucht habe, und mit zwei Zwergtannen, die Matilde ausgesucht hat und die ich hasse. In der Ferne sehe ich auch das Dorf und die Höhen im Mondschein. Ich habe ein schwarzes Kleid an, von dem ich glaube, das es mir gut steht, und wenn ich nachher zum Abendessen hinuntergehe, werde ich mir mein spanisches Tuch um die Schultern legen, das mir Dein Vater vor etwa zwanzig Jahren schenkte und das ich jetzt aus einer Truhe, in der es eingemottet war, hervorgeholt habe. Osvaldo und der Verleger Colarosa kommen zum Abendessen. Den Verleger Colarosa hat Matilde eingeladen. Er hat sich diese Einladung wahrhaftig verdient, denn Matilde ist ihm in jeder erdenklichen Weise auf die Nerven gefallen. Du mußt wissen, daß »Polenta und Gift« endlich erschienen ist. Überall im Haus liegen Exemplare herum. Matilde hat Dir eines mit einer Widmung geschickt. So wirst Du die Erdschollen, die Hacke und die Sonne sehen. Diesen Schutzumschlag hat Matilde entworfen. Der Verleger Colarosa riet zur Reproduktion eines Bildes von van Gogh. Aber das war nicht zu machen. Wenn Matilde sich etwas in den Kopf setzt, bringt kein Mensch sie davon ab. Alle haben ihr gesagt, daß der Schutzumschlag nach ihrem Entwurf wie ein Plakat der Sozialistischen Partei Italiens aussehe. Aber sie war nicht davon abzubringen.

Gestern ist Matilde nach Rom gefahren, um den Champagner zu kaufen, den wir heute trinken werden. Das Menü hat sie bestellt, ist den ganzen Tag in der Küche gewesen und hat damit Cloti verrückt gemacht, die ohnehin schon nervös und übellaunig genug ist. Es wird einen Reisauflauf, eine Blätterteigpastete mit Huhn in Bechamelsauce und eine Eisbombe geben. Ich habe Matilde darauf aufmerksam gemacht, daß alle diese Gerichte rund sind. Ich habe sie auch darauf hingewiesen, daß sie alle sehr schwer sind. Ein Abendessen wie dieses kann ja selbst einen Stier umbringen.

Matilde möchte außerdem, daß die Zwillinge heute abend ihr Haar offen tragen und ihre Samtkleider mit den Spitzenkrägelchen anziehen. Sie wird ihren schwarzen Kostümrock und eine Kosakenbluse tragen. Den Verleger Colarosa habe ich noch nicht kennengelernt. Matilde hat mir erzählt, er sei klein, sein Kopf stecke tief zwischen den Schultern und er habe eine unglaublich große Nase. Ich wollte auch Ada einladen, aber Osvaldo hat mir erklärt, daß Ada und der Verleger Colarosa ein Verhältnis hatten und jetzt miteinander gebrochen haben. Er lebt jetzt mit Deiner Freundin Mara Castorelli zusammen, die ihm eines Abends mit ihrem Kind ins Haus geschneit ist. Dabei hat Ada ihm Mara doch empfohlen, und die hatte dann nichts Eiligeres zu tun, als ihn ihr fortzuschnappen. Ich weiß nicht, ob auch Mara heute abend kommt, ich habe gesagt, sie solle ruhig kommen, aber anscheinend weiß sie nicht, wo sie das Kind lassen soll. Jedenfalls werde ich Ada an einem anderen Abend einladen. Ich kenne sie noch nicht, und sie ist mir gegenüber von unsagbarer Nettigkeit gewesen. Es ist ihr Verdienst, wenn ich hier endlich ein Telefon gelegt bekomme. Ich kann es noch gar nicht glauben, daß ich tatsächlich ein Telefon haben werde, und will Dich dann gleich anrufen. Doch der Gedanke, mit Dir zu telefonieren, versetzt mich in Aufregung. Ich glaube, mein Herz und meine Nerven sind nicht mehr die besten. Dabei war ich früher doch stark wie ein Stier. Aber ich habe zuviel durchgemacht. So bin ich gebrechlich geworden.

Jetzt höre ich das Auto. Sie sind da. Ich muß Dich verlassen.

Deine Mutter

Ich habe auch eine kleine Person in einem Nerzmantel aus dem Wagen steigen sehen. Das muß Mara sein.

25

den 26. März 71

Lieber Michele,

Vor ein paar Tagen war ich bei Deiner Mutter zum Abendessen eingeladen. Es war alles andere als lustig. Wir waren zu acht: Osvaldo, Angelica, der Pelikan, Deine Tante, Deine Mutter, Deine kleinen Schwestern und ich. Ich begreife nicht mehr, warum ich einmal so darauf aus war, Deine Mutter kennenzulernen und ihr sympathisch zu sein. Vielleicht weil ich hoffte, sie würde mir zur Heirat mit Dir verhelfen. Dabei ist nicht daran zu rütteln, daß ich Dich niemals habe heiraten wollen. Jedenfalls habe ich nicht begriffen, daß ich es wollte. Aber vielleicht habe ich es aus Verzweiflung unbewußt gewollt.

An dem Abend bei Deiner Mutter trug ich einen langen schwarzsilbernen Rock, den ich mit dem Pelikan am Nachmittag eigens dafür gekauft hatte, und meinen Nerzmantel, den ich fünf Tage zuvor, ebenfalls mit dem Pelikan, gekauft hatte. Den Pelz behielt ich dauernd über den Schultern, weil es im Haus Deiner Mutter hundekalt ist. Die Zentralheizung funktioniert nicht richtig. In diesem Rock und diesem Pelz kam ich mir anfangs – ich könnte Dir nicht erklären, warum – sehr lieb und klein vor. Ich wünschte, daß alle mich anschauten und mich lieb und klein fänden. Ich war so sehr von diesem Wunsch erfüllt, daß meine Stimme ganz lieb und leise klang. Aber plötzlich dachte ich: Die glauben am Ende, daß ich eine Edelnutte bin. Den Ausdruck »Edelnutte« hatte ich an diesem Morgen in einem Romanheft gelesen. Kaum war er mir eingefallen, legte er sich wie ein

Zentnergewicht auf mich. Dann kam es mir so vor, als verhielten sich alle mir gegenüber sehr kühl. Selbst Osvaldo. Selbst Angelica. Selbst der Pelikan. Der saß mit einem Glas in der Hand tief in einen Sessel zurückgelehnt. Er strich sich über das Haar. Strich sich über die Nase. Er zog sie nicht kraus, sondern strich ganz langsam darüber. Deine Mutter finde ich schön, aber ob sie mir sympathisch ist, weiß ich nicht. Sie trug ein schwarzes Kleid und eine Stola mit Fransen. Sie spielte mit diesen Fransen und mit ihrem Haar, das genauso lockig und rot wie das Deine ist. Ich dachte, wenn Du jetzt im Zimmer wärest, dann wäre für mich alles ganz einfach, denn Du weißt ja genau, daß ich keine Nutte bin, weder eine gewöhnliche noch eine Edelnutte, Du weißt, daß ich einfach ein Mädchen bin und sonst gar nichts. Der Kamin brannte, aber mich fror trotzdem.

Deine Mutter fragte mich, wo ich zu Hause sei, und ich antwortete in Novi Ligure. Dann begann ich, ein bißchen was über Novi Ligure daherzulügen. Ich behauptete, ich hätte dort eine sehr schöne und sehr große Wohnung, in der wohnten lauter Verwandte von mir, die mich dort allesamt liebevoll erwarteten, und ich hätte dort auch eine liebe alte Amme und einen kleinen Bruder, den ich vergötterte. In Wirklichkeit ist die Amme ein altes Weiblein, das für meine Verwandten kochen kommt. Meinen kleinen Bruder liebe ich, schreibe ihm aber nie. Die Wohnung meiner Verwandten ist keine besondere Wohnung. Sie liegt über dem Geschäft. Das Geschäft ist ein Haushaltswarengeschäft. Meine Verwandten verkaufen Geschirr. Das alles habe ich nicht gesagt. Ich behauptete, mein Vetter sei Rechtsanwalt.

Deine Mutter und Angelica wirtschafteten in der Küche herum, denn das Dienstmädchen Deiner Mutter hatte sich plötzlich nicht wohl gefühlt und war zu Bett gegangen. In Wirklichkeit war sie wegen einer Bemerkung beleidigt, die Deine Tante über die Blätterteigpastete gemacht hatte. Das hat mir Angelica erzählt. Deine kleinen Schwestern weigerten sich zu helfen und behaupteten, sie seien dazu zu müde. Sie hatten Federball gespielt, trugen Trainingsanzüge und hatten sich nicht umziehen wollen, und Deine Tante war auch darüber ärgerlich. Aber auch über die Pastete, die innen weich und flüssig war.

Ich wurde schließlich ganz melancholisch. Ich fragte mich: Was habe ich hier verloren? Wo bin ich eigentlich? Was ist das bloß für ein Pelz, den ich da trage? Und was sind das für Leute, die kaum das Wort an mich richten, und wenn ich meinerseits etwas sage, nicht richtig zuhören. Ich sagte Deiner Mutter, ich würde ihr gern mein Kind bringen, damit sie es sähe. Sie antwortete, aber ohne große Begeisterung, ja, das solle ich tun. Ich hätte für mein Leben gern laut hinausgeschrien, mein Kind sei von Dir. Und wenn ich dessen sicher gewesen wäre, hätte ich es getan. Es standen Fotografien von Dir als Kind herum, ich habe sie in die Hand genommen und gefunden, daß das Kind das gleiche Kinn und den gleichen Mund hat wie Du damals. Aber dessen wirklich sicher zu sein, ist schwierig. Denn mit den Ähnlichkeiten ist das eben so eine Sache.

Sie sprachen nicht viel. Aber ich verstand kein Wort von dem, was sie sagten. Sie sind Intellektuelle. Ich hätte am liebsten laut hinausgeschrien, ich fände sie ein Scheißpack. Selbst Angelica mochte ich nicht mehr. Sie waren mir alle fremd. Der Pelikan saß todernst da. Er schaute mich nicht an. Ab und zu streichelte ich seine Hand. Dann zog er die Hand fort. Ich hatte das Gefühl, daß er wie auf Kohlen saß, wenn ich etwas sagte. Er hatte mich noch nie unter Leuten gesehen, und vielleicht schämte er sich meiner. Am Ende des Abendessens habe ich Champagner verschüttet. Ich sagte: »Ich gratuliere zu ›Polenta und Kastanien‹.« Ich hatte den Titel verwechselt. Der Pelikan hat mich verbessert. Ich erklärte, ich hätte mich wegen des Liedes geirrt, in dem es heißt: »Ins Gebirge mach keine Reise – Denn da gibt's nur Polenta als Speise – Mit Kastanien mußt dich begnügen – Die dir schwer auf dem Magen liegen.« Und dann habe ich das ganze Lied vorgesungen. Es ist ein wirklich hübsches Lied, und ich habe eine gute Stimme. Deine Mutter lächelte ein wenig. Osvaldo lächelte ein wenig. Doch der Pelikan lächelte ganz und gar nicht. Auch die Zwillinge lächelten nicht. Eisige Kälte umgab mich. Deine Tante ging immer wieder und klopfte bei dem Dienstmädchen an, um ihm von der Pastete und den anderen Gerichten etwas zu bringen, kam dann aber niedergeschlagen zurück, weil das Mädchen alles verweigerte.

Osvaldo brachte Angelica, den Pelikan und mich in seinem Wagen nach Hause. Ich saß mit dem Pelikan auf dem Rücksitz. Ich sagte zu ihm: »Ich weiß nicht, was du gegen mich hast. Was habe ich dir denn getan? Du hast den ganzen Abend kein Wort mit mir gesprochen. Du hast nie zu mir herübergeschaut.« Er antwortete: »Ich habe Kopfschmerzen.« »Mein Gott, du hast aber auch dauernd Kopfschmerzen«, habe ich erwidert. Denn er hat tatsächlich ständig Kopfschmerzen. Er kauerte in der äußersten Ecke des Wagens. Es war, als sei es ihm unangenehm, mich zu berühren. Da habe ich zu weinen angefangen, nicht laut, sondern ohne zu schluchzen, und die Tränen rannen auf meinen Pelz. Angelica hat mir übers Knie gestreichelt. Osvaldo fuhr und drehte sich nicht um. Der Pelikan hockte in seiner Ecke, hatte sich tief in seinen Mantel verkrochen, und seine Nase regte sich nicht. Es war schrecklich, in dieser eisigen Kälte zu weinen. Noch schrecklicher, als in der eisigen Kälte zu singen. Noch viel schrecklicher.

Das Kind hatte ich bei der Haushälterin Belinda gelassen. Ich hätte es besser mitgenommen. Denn Belinda hat mit Kindern keine Geduld. Als ich nach Hause kam, schrie das Kind. Belinda war noch auf den Beinen und sagte mir, sie habe ein Recht auf genügend Schlaf. Ich antwortete, auch ich hätte ein Recht auf genügend Zerstreuung und Schlaf. Sie fuhr mich an, ich hätte auf gar nichts ein Recht. Darauf habe ich nicht sofort geantwortet. Ich habe ihr die Tür vor der Nase zugeschlagen. Dann habe ich sie angebrüllt, ich entließe sie. Aber mit Entlassung habe ich ihr schon so oft gedroht. Und sie sagt, sie gehe nicht. Nur wenn der Herr Doktor es ihr sage. Der Herr Doktor ist der Pelikan.

Das Kind hat die ganze Nacht geschrien. Entsetzlich. Es zahnt, das arme Kind. Ich bin die ganze Zeit mit ihm im Wohnzimmer auf und ab gegangen, und die Tränen liefen mir dabei übers Gesicht. Gegen Morgen ist es eingeschlafen. Ich habe es in seinen Kinderwagen gelegt. Es tat mir leid, wie es sich so in den Schlaf geweint hatte. Verschwitzt, ermattet, mit nassem klebrigem Haar, ein Häuflein Elend. Aber auch ich selbst tat mir leid, denn ich war todmüde und hatte immer noch meinen schwarzsilbernen Rock an, weil ich keine Zeit gehabt hatte, mich umzuziehen. Ich ging ins Schlafzimmer. Dort lag der Pelikan, die Arme unter dem Kopf verschränkt, wach im Bett. Er tat mir unendlich leid. Sein Pyjama, sein Kopf, sein Kissen, seine Nase taten mir leid. Ich sagte ihm: »Glaub nur nicht, daß wir so weitermachen können. Wir müssen ein Kindermädchen nehmen.« »Ein Kindermädchen?« fragte er, als sei er gerade vom Mond gefallen. »Als ich noch allein in der Via dei Prefetti lebte«, habe ich ihm erklärt, »da habe ich das Kind auch mal schreien lassen. Aber hier kann ich das nicht, weil du Kopfschmerzen hast.« »Ich habe, glaube ich, keine Lust, hier auch noch ein Kindermädchen zu haben«, sagte er. »Nein, dazu habe ich, glaube ich, nicht die allergeringste Lust.« »Dann werde ich wohl wieder allein leben müssen«, äußerte ich. Darauf gab er mir keine Antwort. Starr und stumm wie zwei Leichen lagen wir nebeneinander.

In einem früheren Brief schrieb ich Dir, der Pelikan und ich würden heiraten. Das war Blödsinn. Tu, als hätte ich das nie gesagt. Zerreiß diesen Brief, denn ich schäme mich, daß ich das geschrieben habe. Er hat auch im Traum nicht daran gedacht, mich zu heiraten, und vielleicht will auch ich ihn gar nicht heiraten.

Jetzt ist er fortgegangen. Ehe er wegging, habe ich ihn angeschrien: »Und behandele mich ja nicht wie eine Edelnutte.« Dabei klang meine Stimme ganz und gar nicht zart, wie wenn ich mich lieb und klein fühle. Sie klang vielmehr rauh und gewöhnlich wie die einer Portiersfrau. Er gab mir keine Antwort. Er ging einfach fort.

Augenblicksweise überkommt mich eine Stinkwut. Dann sage ich mir: ich bin doch so hübsch und nett, so jung und lieb und habe dieses prächtige Kind. Ich tue dem doch die größte Ehre an, wenn ich bei ihm wohne und sein Geld ausgebe, mit dem er sonst doch nichts anzufangen weiß. Was will dieses Arschloch eigentlich sonst noch? In Augenblicken, in denen ich wütend bin, denke ich das.

Mara

26

Novi, den 29. März 71

Liebe Angelica,
Vielleicht wunderst Du Dich, daß ich Dir aus Novi Ligure schreibe. Ich bin gestern hier angekommen. Wir, das Kind und ich, wohnen bei einer Zugehfrau meiner Verwandten. Sie hat für mich eine Matratze in die Küche gelegt. Sie ist schon alt und heißt Amelia. Sie hat mir gesagt, ich könne für ein paar Tage bleiben, aber nicht länger, weil sie keinen Platz hat. Ich weiß nicht, wohin, aber das ist nicht so wichtig, denn irgendeinen Platz, an den ich mich verkriechen kann, finde ich schließlich immer.

Ich bin von einem Augenblick auf den anderen fortgegangen. Für Fabio habe ich einen Zettel hinterlassen. Denn er war nicht zu Hause. Auf den Zettel hatte ich geschrieben: Ich gehe. Danke. Ciao. Den Pelz nahm ich mit, weil er ihn mir geschenkt hatte und weil ich fror. Auch den schwarzsilbernen Rock, den ich an dem Abend bei Deiner Mutter getragen hatte, nahm ich mit. Er konnte damit ja sowieso nichts anfangen. Und schließlich waren es Geschenke.

Ich möchte Dich um einen Gefallen bitten, in der Hast des Aufbruchs habe ich meinen Kimono vergessen, den schwarzen mit den Sonnenblumen. Hol ihn bitte und schick ihn mir hierher nach Novi Ligure, Via della Genovina 6. Er muß in unserem Schlafzimmer in der untersten Schublade der Kommode liegen. Ich merke, daß ich »in unserem Schlafzimmer« geschrieben habe, denn in diesem Zimmer sind er und ich eine Zeitlang glücklich gewesen. Wenn es ein Glück gibt, dann war dies das

Glück. Aber anscheinend dauert das Glück nur kurz. Das haben alle immer gesagt. Du wirst vielleicht finden, daß es seltsam ist, sich in einen solchen Menschen zu verlieben, der ganz und gar nicht gut aussieht und eine so riesige Nase hat. In einen Pelikan. Als Kind hatte ich ein Buch, in dem alle Tiere abgebildet waren. Darin gab es einen Pelikan, der mit seinen kurzen Beinen fest auf der Erde stand und einen gewaltigen rosa Schnabel hatte. Das ist er. Aber ich habe gelernt, daß man sich in jeden Menschen verlieben kann, auch wenn er komisch, seltsam oder traurig ist. Mir gefiel, daß er so viel Geld hatte, denn all dieses Geld unterschied sich in meinen Augen von dem anderer Leute, es schien mir zu ihm zu gehören wie der Schweif zum Kometen. Mir gefiel, daß er so intelligent war, daß er eine Menge von Dingen wußte, die ich nicht weiß, und auch seine Intelligenz kam mir wie ein langer Kometenschweif vor. Ich habe keinen solchen Schweif. Ich bin arm und dumm.

Anfangs, als ich den Pelikan gerade kennengelernt hatte, dachte ich sehr häßliche und gefühllose Dinge. Ich dachte: So, den quetsche ich jetzt aus wie eine Zitrone. All sein Geld gebe ich aus. Den schnappe ich der dämlichen Ada fort. Ich lasse mich mit meinem Kind in seiner Wohnung nieder, und dann bringt mich niemand mehr von dort fort. Ich war die Ruhe selbst, eiskalt und unbekümmert. Aber dann begann ich allmählich sehr melancholisch zu werden. Mit dieser Melancholie hatte er mich angesteckt wie mit einer Krankheit. Sie saß mir so tief in den Knochen, daß ich sie selbst im Schlaf spürte. Ich konnte mich von ihr nicht befreien. Aber ihn hat seine Melancholie intelligenter gemacht, während mich meine Melancholie nur noch dümmer machte. Denn Melancholie äußert sich nicht bei allen Menschen auf die gleiche Weise.

Schließlich merkte ich, daß ich in eine Falle gegangen war. Ich war sterblich verliebt in ihn, und dabei war ich ihm ganz schnuppe. Es ödete ihn an, allenthalben über mich zu stolpern. Aber er fand nicht den Mut, mich einfach an die Luft zu setzen, weil ich ihm leid tat. Auch er tat mir unendlich leid. Und es war entsetzlich anstrengend, all dieses Mitleid ertragen zu müssen, anstrengend für ihn und für mich.

Ich glaube, daß auch Ada ihm immer schnuppe gewesen ist. Nur daß Ada eine starke Natur, robust und optimistisch ist, daß sie ständig tausend Dinge vorhatte und keine Klette war. Ich dagegen hing wie ein Bleigewicht an ihm und klebte wie eine Klette. Er war gänzlich in seine Melancholie versunken, und ich begriff, daß ich niemals an ihr teilhaben würde, weil es in ihr keinen Platz für mich gab. Dieses Niemals fand ich entsetzlich, und darum bin ich fortgegangen.

Als ich gestern abend zu Amelia kam, war sie starr vor Schrecken. Sie hatte lange nichts mehr von mir gehört und mich vor drei Jahren zum letzten Mal gesehen. Ich hatte ihr nie auch nur die lumpigste Postkarte geschrieben. Sie wußte nicht, daß ich inzwischen ein Kind hatte. Sie starrte das Kind und den Pelz an und verstand überhaupt nichts. Ich sagte ihr, der Vater meines Kindes hätte mich einfach sitzen gelassen. Ich bat sie um Unterkunft. Sie hat von einem Schrank eine Matratze heruntergeholt. Zum Abendessen gab sie mir ein Tellerchen voll Bohnen und machte mir ein Spiegelei. Ich begriff, daß sie mich nur dabehielt, weil ich ihr leidtat. Hier verbringt man sein Leben damit, einander leidzutun.

Tagsüber ist Amelia zum Kochen bei meinen Verwandten. Sie sind so zahlreich, daß es immer viel zu kochen gibt. Ich hatte sie gebeten, meinen Verwandten nichts zu sagen, aber sie hat ihnen sofort erzählt, daß ich gekommen sei und nun bei ihr wohne. Infolgedessen sind meine beiden Kusinen mit meinem Bruder bei mir aufgetaucht, mit meinem zwölfjährigen Bruder, der bei ihnen wohnt und ihnen ein bißchen im Geschäft hilft. Ich habe diesen Bruder so lieb. Aber er ist kein bißchen liebevoll gewesen, sondern sehr kühl. Er hat das Kind nicht bewundert und ihm keinen freundlichen Empfang bereitet. Auch meine Kusinen haben das nicht getan. Wenn ich eine Katze auf dem Arm gehabt hätte, so wäre sie von ihnen herzlicher begrüßt worden. Für meinen Pelz, den sie auf einem Stuhl liegen sahen, haben sich meine Kusinen dagegen sehr interessiert. Sie meinten, wenn ich diesen Pelz verkaufte, dann hätte ich doch für Jahre ausgesorgt. Mir war klar, daß sie vorhatten, ihn mir abzukaufen. Aber ich sagte, ich hätte vorläufig nicht die Absicht, ihn wegzugeben. Denn ich hänge an diesem Pelz. Ich erinnere mich noch an den Tag, als wir ihn kaufen gingen, ich und der Pelikan Hand in Hand, und dem Pelikan schien es noch Freude zu bereiten, sich mit mir auf der Straße zu zeigen. Aber vielleicht dachte er insgeheim schon, daß ich wie ein Bleigewicht oder eine Klette an ihm hinge, und ich hatte nur noch nicht gemerkt, daß er das dachte.

Wenn der Pelikan Dich nach meiner Adresse fragt, kannst Du sie ihm geben.

Ich umarme Dich.

Mara

27

den 2. April 71

Liebe Mara,
Angelica war hier, um Deinen Kimono abzuholen. Wir haben lange nach ihm gesucht, denn er lag nicht in der Schublade im Schlafzimmer, sondern fand sich im Wohnzimmer unter einem Stapel von Zeitungen. Er war so staubig, daß ich daran dachte, ihn Belinda zum Waschen zu geben, aber dann wollte ich sie lieber nicht an Dich erinnern. Sie hat am Morgen nach Deinem Auszug alle Deine Spuren schleunigst getilgt. Deine Kremtöpfchen, die im Bad stehengeblieben waren, und die Säuglingsnahrung für das Kind hat sie samt und sonders fortgeworfen. Als ich ihr sagte, daß ich diese Präparate möchte, behauptete sie, sie seien von minderer Qualität. Deinen Kimono hat Angelica ein bißchen mit der Hand abgewischt und ausgeschüttelt und hat erklärt, sie werde ihn Dir so schicken.

Ich schicke Dir Geld, denn ich denke, daß Du welches brauchst. Angelica ist jetzt zur Piazza San Silvestro gegangen, von wo sie den Kimono abschicken und das Geld telegrafisch überweisen wird.

Ich bin Dir zutiefst dankbar dafür, daß Du fortgegangen bist. Das war tatsächlich mein inniger Wunsch, und Du hast ihn vielleicht aus meinem Verhalten erraten. Daß ich das offen ausspreche, mag Dir unnötig grausam erscheinen. Und grausam ist es auch, aber nicht unnötig. Denn wenn Du im tiefsten Inneren auch nur andeutungsweise noch daran denken solltest, hierher zurückzukehren, so laß Dir gesagt sein, daß Du gut daran tust, derartige Absichten für immer aufzugeben. Ich kann mit Dir nicht zusammen leben. Wahrscheinlich kann ich mit niemandem zusammen leben. Es war ein Fehler von mir, Dich und mich in der Illusion zu wiegen, daß eine dauerhafte Beziehung zwischen uns möglich sei. Immerhin habe nicht ich Dich hierhergeholt, Du bist von allein gekommen. Durch unser Zusammenleben ging unsere ohnehin angeschlagene Beziehung dann sofort in die Brüche. Aber meine Schuld Dir gegenüber ist nicht zu bestreiten, und es liegt mir fern, sie verringern zu wollen. Durch sie ist die Last meiner Schuld dem Leben gegenüber noch größer geworden, einer Schuld, die ohnehin schon drückend genug war. Du tust mir entsetzlich leid, und ich hatte nicht den Mut, Dir zu sagen, daß Du fortgehen sollest. Du wirst mich feige finden. Und dieses Wort trifft in der Tat genau auf mich zu. Ich habe großes Mitleid mit Dir, aber auch mit mir selbst, das klägliche Mitleid der Feiglinge, und als ich neulich abends nach Hause kam, Dich nicht vorfand und Deinen Zettel gelesen habe, fehltest Du mir, und ich setzte mich mit einem Gefühl der Leere in meinen Sessel. Aber dieses Gefühl war auch nicht frei von einer tiefen ungetrübten Erleichterung und einer innigen Freude, die ich Dir nicht verhehlen kann, weil Du wissen mußt, daß ich sie empfunden habe. In dürren Worten: ich ertrug Dich nicht mehr.

Ich wünsche Dir alles erdenkliche Gute und wünsche, daß Du glücklich bist, sofern es überhaupt ein Glück gibt. Ich glaube nicht an seine Existenz, aber die anderen tun das, und es ist nicht gesagt, daß die anderen nicht recht haben.

Der Pelikan

28

Leeds, den 27. März 71

Liebe Angelica,
Mara hat mir geschrieben. Geh zu ihr und tröste sie. Sie steckt in großen Schwierigkeiten. Der Verleger, mit dem sie zusammen lebt, hat nicht nur den Fehler gemacht, den Roman »Polenta und Wein« zu drucken, er hat sie auch mit seinen Komplikationen und seiner Melancholie angesteckt.

Vielleicht komme ich in den Osterferien, aber ich weiß es noch nicht genau. Manchmal sehne ich mich nach Euch, das heißt nach denen, die ich »die Meinen« nenne, obgleich Ihr eben so wenig die Meinen seid wie ich der Eure. Doch wenn ich käme, würdet Ihr mich beobachten, Eure Blicke, denen ich nicht entgehen könnte, würden ständig auf mir ruhen. Nun habe ich augenblicklich nicht die geringste Lust, Eure Blicke auf mir ruhen zu fühlen. Ich brauche nicht hinzuzufügen, daß ihr auch meine Frau, die ja mitkäme, aufmerksam beobachten würdet und daß Ihr versuchen würdet herauszubekommen, welcher Art die Beziehungen zwischen meiner Frau und mir sind. Auch das könnte ich nicht ertragen.

Ich sehne mich auch sehr nach meinen Freunden, nach Gianni, Anselmo, Oliviero und allen anderen. Hier bin ich ohne Freunde. Und ich sehne mich auch nach einigen römischen Stadtvierteln. Nach anderen Vierteln und nach anderen Freunden sehne ich mich zwar auch, schrecke aber gleichzeitig von ihnen zurück. Wenn Sehnsucht und Widerwillen sich miteinander vermischen, dann kommt es dazu, daß wir die Menschen und die Orte, die wir lieben, als sehr fern von uns empfinden, und die Wege zu ihnen kommen uns verschüttet und unbegehbar vor.

Manchmal sind Sehnsucht und Widerwillen in mir so eng ineinander verschränkt und so stark, daß ich sie selbst im Schlaf spüre, dann wache ich auf, muß die Decken fortwerfen, mich aufsetzen und rauchen. In solchen Fällen nimmt Eileen ihr Kopfkissen und geht ins Kinderzimmer schlafen. Sie sagt, sie habe ein Recht auf genügend Schlaf. Sie findet, jeder müsse allein mit seinen Alpträumen zurechtkommen. Und das ist bestimmt richtig.

Ich weiß nicht, warum ich Dir all das jetzt schreibe. Aber im gegenwärtigen Augenblick würde ich sogar an einen Stuhl hinreden. Mit Eileen kann ich nicht sprechen, weil erstens Samstag ist und sie gerade das Essen für die ganze Woche kocht und weil sie zweitens anderen Leuten nicht gern zuhört. Eileen ist sehr intelligent, aber ich habe entdeckt, daß mir ihre ganze Intelligenz nichts nützt, weil sie sich auf Dinge wie die Kernphysik bezieht, die mich nichts angehen. Im Grunde hätte ich lieber eine dumme Frau, die mir dumm und geduldig zuhören würde. Im jetzigen Augenblick wäre es mir sogar recht, wenn ich Mara hier hätte. Lange würde ich sie allerdings nicht ertragen. Denn nachdem sie mir zugehört hätte, würde sie mich mit all ihren eigenen Kümmernissen überschütten, würde wie eine Klette an mir kleben, und ich hätte keine ruhige Minute mehr. Gewiß möchte ich sie nicht zur Frau haben. Aber gerade jetzt wäre es mir nicht unlieb, sie hier zu haben.

Ich umarme Dich.

Michele

29

den 2. April 71

Lieber Michele,
Gerade habe ich Deinen Brief bekommen. Er beängstigt mich. Offenbar bist Du sehr unglücklich.

Vielleicht sollte ich Deinen Brief entdramatisieren. Vielleicht sollte ich mir einfach sagen, daß Du Dich mit Deiner Frau gezankt hast und Dich einsam fühlst. Aber ich bringe es nicht fertig, ihn zu entdramatisieren. Ich bin tief erschrocken.

Wenn Du nicht hierherkommst, könnte ich Dich besuchen. Das wäre zwar nicht leicht für mich, denn ich weiß nicht, was ich solange mit dem Kind und Oreste machen soll, und Geld habe ich auch nicht, aber das wäre noch das wenigste, denn darum könnte ich Mama bitten. Mama geht es nicht sehr gut, und natürlich würde ich ihr nicht erzählen, daß ich von Dir einen Brief bekommen habe, der mich erschreckt hat. Sollte ich mich zu der Reise entschließen und sie um Geld bitten, so werde ich ihr sagen, daß Du Deiner Arbeit wegen jetzt nicht kommen kannst und ich Dich deshalb besuchen möchte.

Du sagst, Du ertrügest gegenwärtig die Blicke der Menschen nicht, die Dich lieben. Tatsächlich sind in einem schwierigen Augenblick die Blicke der Menschen, die uns lieben, nicht leicht zu ertragen. Aber darüber kommt man bald hinweg. Denn die Blicke der Menschen, die uns lieben, können in ihrem Urteil über uns außerordentlich klar, barmherzig und streng sein, und es kann für uns hart, aber letzten Endes heilsam und wohltätig sein, uns dieser Klarheit, Strenge und Barmherzigkeit zu stellen.

Deine Freundin Mara hat sich von Colarosa getrennt und ist fortgegangen. Sie hat mir geschrieben. Vorläufig ist sie in Novi Ligure, im Haus einer Zugehfrau ihrer Verwandten. Sie befindet sich in einer verzweifelten Lage, denn sie weiß nicht, wohin sie soll, und besitzt auf der ganzen Welt nichts außer einem Kimono mit Sonnenblumen, einem Nerzmantel und einem Kind. Aber ich habe das Gefühl, daß wir alle über eine subtile Kunst verfügen, uns in verzweifelte Situationen zu begeben, für die niemand eine Lösung weiß und aus denen es weder einen Weg vorwärts noch zurück gibt.

Schreib mir nur eine Zeile, ob ich kommen kann. Denn ich möchte nicht kommen, wenn der Gedanke, mich wiederzusehen, Dir unerträglich ist.

Angelica

Leeds, den 5. April 71

Liebe Angelica,
Bitte komm nicht. Verwandte von Eileen sind im Anmarsch. Wir haben nur ein Gastzimmer. Danach gehen wir vielleicht alle nach Brügge. Brügge kenne ich noch nicht.

Auch diese Verwandten von Eileen habe ich noch nie gesehen. Es gibt Zeiten, in denen man sich unter Unbekannten wohl fühlt.

Stell keine Vermutungen über mich an. Denn jede Deiner Vermutungen träfe auf keinen Fall zu, weil Dir einige wichtige Voraussetzungen fehlen.

Ich hätte mich gefreut, Dich wiederzusehen, nun wird es ein anderes Mal sein.

Michele

den 8. April 71

Lieber Michele,
Ich habe Deinen Brief in diesem Augenblick bekommen. Ich gestehe, daß ich bereits einen Handkoffer gepackt hatte, um zu kommen. Um das Geld hatte ich nicht Mama, sondern Osvaldo gebeten. Im Gegensatz zu sonst hatte er genug und brauchte nicht Adas Hilfe in Anspruch zu nehmen.

Über den Satz in Deinem Brief »Brügge kenne ich noch nicht« habe ich lachen müssen. Als wäre Brügge das einzige auf der Welt, was Du noch nicht kennst.

Ich hätte Dich gern gesehen, nicht nur, um über Dich, sondern auch, um über mich zu sprechen. Auch ich befinde mich gegenwärtig in einer schwierigen Situation.

Aber, wie Du sagst, nun wird es ein anderes Mal sein.
Angelica

32

den 9. April 71

Lieber Michele,

Angelica hat mir gesagt, daß Du in den Osterferien nicht kommst. Ich muß mich also in Geduld fassen. Das habe ich im Verlauf der Zeit Dir gegenüber schon unendlich oft getan. Allerdings wächst mit dem Verstreichen der Zeit auch unser Vorrat an Geduld. Es ist unser einziger Vorrat, der wächst. Alle anderen neigen hingegen dazu einzutrocknen.

Ich hatte die beiden Zimmer im obersten Stock hergerichtet. Die Betten sind bezogen, und im Bad hängen Handtücher. Das Bad im obersten Stock ist mit seinen Kacheln und ihren grünen Arabesken das schönste im ganzen Haus und bei seinem Anblick freute ich mich, daß Deine Frau es zu sehen bekäme. Die Zimmer sind auch jetzt noch vollständig in Ordnung und die Betten bezogen. Ich habe sie nicht mehr betreten. Ich werde Cloti sagen, daß sie die Betten wieder abziehen soll.

Als ich die beiden Zimmer herrichtete, dachte ich, Deine Frau würde sich in ihnen wohl fühlen, und ich dachte auch, sie würde finden, daß mein Haushalt gut in Schuß ist. Doch das waren beides dumme Gedanken, weil ich Deine Frau ja nicht kenne und deshalb nicht weiß, wann und wo sie sich wohl fühlt und ob sie zu den Menschen gehört, die einen Haushalt mögen, der gut in Schuß ist, und die Menschen, die ihn in Schuß halten.

Angelica hat mir gesagt, daß Du statt dessen nach Brügge gehst. Ich frage mich nicht, was Du in Brügge vorhast, denn ich habe es aufgegeben, mich zu fragen, was Du an dem einen oder anderen Ort tust. Ich versuche, mir Dein Leben an dem oder jenem Ort vorzustellen, bin mir aber dabei im klaren, daß Dein Leben anders ist, als ich es mir vorstelle, und so ermattet meine Phantasie und wagt es kaum noch, an ihren Arabesken über Dich weiterzuspinnen.

Wenn es mir gesundheitlich besser geht, möchte ich Dich mit Angelica besuchen, sofern Dir das Freude macht. Wir werden nicht bei Euch wohnen, weil ich Deiner Frau nicht zur Last fallen möchte, die – wie ich vermute – viel zu tun hat. Wir werden ins Hotel gehen. Ich reise nicht gern, und ich mag auch Hotels nicht. Aber Hotels sind mir immer noch lieber als das Gefühl, dadurch zur Last zu fallen, daß ich Platz in einem kleinen Haus beanspruche, denn eines der wenigen Dinge, das ich von Euch weiß, ist, daß Euer Haus klein ist. Vorläufig kann ich nicht reisen, weil meine Rippenfellentzündung immer noch nicht richtig ausgeheilt ist, das heißt die Rippenfellentzündung ist vorbei, aber der Arzt sagt, ich müsse mich noch schonen. Er hat auch entdeckt, daß mein Herz nicht in Ordnung ist. Erkläre Deiner Frau, daß ich ein Mensch bin, dessen Haushalt in Ordnung und dessen Herz in Unordnung ist. Erkläre ihr, wie ich bin, dann kann sie, wenn sie mich sieht, mein wirkliches Bild mit Deinen Beschreibungen vergleichen. Die Beschreibungen der anderen mit unseren Vorstellungen und dann mit der Wirklichkeit zu vergleichen, ist eines der wenigen Vergnügen, die das Leben uns bietet.

An Deine Frau denke ich oft und versuche, sie mir vorzustellen, auch wenn Du Dir nicht die Mühe genommen hast, sie zu beschreiben, und die Fotografie, die Du mir von ihr geschickt hast, als Ihr heiratetet, klein und undeutlich ist. Ich betrachte sie oft, aber ich kann auf ihr nichts als einen langen schwarzen Regenmantel und einen Kopf erkennen, der in ein Tuch gewickelt ist.

Mir schreibst Du nie, aber ich bin froh, daß Du Angelica schreibst. Ich denke, daß es Dir leichter fällt, ihr zu schreiben, weil Du mit ihr vertrauter bist als mit mir. Vielleicht bin ich zu optimistisch, aber ich denke, daß, wenn Du Dich an sie wendest, Du Dich insgeheim auch an mich wendest. Angelica ist sehr intelligent, ich glaube, daß sie die intelligenteste von Euch ist, obgleich es schwer ist, die Intelligenz seiner eigenen Kinder zu beurteilen.

Manchmal habe ich das Gefühl, daß sie nicht glücklich ist. Aber Angelica ist mir gegenüber sehr verschlossen. Ich glaube nicht, daß sie aus fehlender Zuneigung mir gegenüber so verschlossen ist, sondern weil sie mir Sorgen ersparen möchte. So seltsam das klingt, hegt Angelica mir gegenüber mütterliche Gefühle. Wenn ich sie nach ihren eigenen Angelegenheiten frage, sind ihre Antworten stets von kühler Überlegenheit. Infolgedessen weiß ich sehr wenig von Angelica. Wenn wir zusammen sind, sprechen wir nicht über sie, sondern über mich. Da ich viel allein bin, spreche ich gern von mir, auch wenn ich nicht viel von mir zu erzählen habe, weil ich viel allein bin. Ich will damit sagen, daß ich nicht viel über mein jetziges Leben zu erzählen habe. Vor allem seit es mir nicht gutgeht, verlaufen meine Tage einförmiger denn je. Ich gehe wenig aus, fahre selten mit dem Wagen, sitze stundenlang in meinem Sessel und schaue Matilde zu, die Yoga übt, eine Patience legt, ihr neues Buch tippt oder sich aus Wollresten eine Mütze macht.

Viola hat mir gesagt, sie sei wütend auf Dich, weil Du ihr noch nicht einmal eine Postkarte geschrieben hast.

Zu Deiner Hochzeit hat sie ein schönes silbernes Tablett gekauft, das sie Euch überreichen wollte, wenn ihr hierherkämet. Ich bitte Dich, ihr zu schreiben und Dich zu bedanken, denn das Tablett ist wirklich sehr schön. Schreib auch den Zwillingen, die sich auf Dich freuten und für Eileens Kinder Geschenke vorbereitet hatten, das heißt ein Taschenmesser und ein Zelt zum Indianerspielen. Und natürlich bitte ich Dich auch, mir zu schreiben.

Gestern ist Osvaldo mit Elisabetta und Ada nach Umbrien gefahren. So wird er uns eine Woche lang abends nicht besuchen. Ich habe mich an sein allabendliches Erscheinen hier gewöhnt. Ich habe mich daran gewöhnt, sein rotbackiges Gesicht und seinen mächtigen Quadratschädel mit dem spärlichen, sorgfältig gekämmten Haar vor mir zu sehen. Auch er scheint sich daran gewöhnt zu haben, seine Abende hier zu verbringen, mit den Zwillingen Tischtennis zu spielen und Matilde und mir Proust vorzulesen. Wenn er nicht hierherkommt, geht er zu Angelica und Oreste, wo er ähnliche, aber ein wenig andere Dinge tut und zum Beispiel der Kleinen aus Paperino vorliest oder mit Oreste und dem Ehepaar Bettoia Lotto spielt. Oreste findet ihn nett, aber unbedeutend, die Bettoia finden ihn unbedeutend, aber sympathisch. Tatsächlich kann man nicht behaupten, daß er unsympathisch wäre. Ihn unbedeutend zu nennen, finde ich nicht ganz zutreffend, denn von unbedeutenden Menschen verspricht man sich nichts, von ihm dagegen erwartet man ständig, daß er den anderen plötzlich den eigentlichen Grund für sein Erdenleben kund und zu wissen tut. Ich halte ihn für sehr intelligent, aber man hat den Eindruck, als hielte er seine Intelligenz tief in seiner Brust, in seinem Pullover und in seinem Lächeln verborgen und mache von ihr aus unbekannten Gründen keinen Gebrauch. Trotz seinem Lächeln halte ich ihn für einen tieftraurigen Menschen. Vielleicht habe ich mich deshalb so an seine Gesellschaft gewöhnt. Denn ich liebe traurige Menschen. Ich liebe die Traurigkeit noch mehr als die Intelligenz.

Du und Osvaldo, Ihr wart Freunde, und ich habe nur selten den Vorzug gehabt, Deine Freunde kennenzulernen. Deshalb frage ich ihn manchmal nach Dir aus. Aber seine Antworten auf meine Fragen nach Dir sind von einer kühlen Überlegenheit, die der von Angelica gleicht, wenn ich sie danach frage, wie es ihr geht und ob sie glücklich ist. Ich habe den Eindruck, daß auch Osvaldo mir Sorgen ersparen möchte. Wenn er abwesend ist, hasse ich ihn manchmal in Gedanken an seine ruhige Stimme und an seine überlegenen und unfaßbaren Antworten. Aber sobald er hier ist, fühle ich mich ruhig und nehme sein Schweigen und seine unfaßbaren Antworten hin. Mit den Jahren bin ich eben zahm und resigniert geworden.

Neulich fiel mir ein, wie Du einmal hergekommen bist und sofort begonnen hast, in allen Schränken nach einem sardischen Teppich zu kramen, den Du in Deinem Souterrain an die Wand hängen wolltest. Es muß das letzte Mal gewesen sein, daß ich Dich gesehen habe. Ich wohnte erst seit wenigen Tagen in diesem Haus. Es war November. Du strichst durch alle Zimmer und wühltest in allen Schränken, die gerade eingeräumt worden waren, und ich ging hinter Dir her und jammerte darüber, daß Du mir immer alle Sachen fortschlepptest. Den sardischen Teppich mußt Du dann gefunden und mitgenommen haben, denn hier ist er nicht mehr. Auch im Souterrain war er nicht. Aber dieser Teppich ist mir nicht wichtig, und er war es auch damals nicht. Ich erinnere mich nur an ihn, weil er möglicherweise mit dem letzten Mal zusammenhängt, das ich Dich gesehen habe. Ich erinnere mich, daß es mir große Freude machte, mich über Dich aufzuregen und gegen das zu protestieren, was Du tatest. Und ich wußte, daß mein Protest in Dir ein Gemisch von Freude und Ärger auslöste. Jetzt denke ich, daß dieser Tag ein glücklicher Tag war. Aber leider erkennt man die glücklichen Augenblicke, während man sie erlebt, nur selten als solche. Gewöhnlich erkennen wir sie erst aus zeitlichem Abstand. Damals beruhte das Glück für mich darauf, zu protestieren, und für Dich darauf, in meinen Schränken zu kramen. Aber ich muß auch gestehen, daß wir an diesem Tag kostbare Zeit vertan haben. Wir hätten uns zusammensetzen und miteinander über wesentliche Dinge sprechen können. Wahrscheinlich wären wir dabei weniger glücklich gewesen, ja, vielleicht wären wir sogar tief unglücklich gewesen. Aber jetzt würde ich mich an diesen Tag nicht verschwommen als an einen glücklichen Tag erinnern, sondern als an einen Tag der Wahrheit, der für Dich und für mich wesentlich war, weil er manches zwischen uns geklärt hätte, die wir immer nur gleichgültige Worte miteinander gewechselt haben, niemals klare und notwendige, sondern farblose, freundliche Worte, die nicht zupackten und überflüssig waren.

Ich umarme Dich.

Deine Mutter

Leeds, den 30. April 71

Liebe Angelica,
Ich bin ein Freund von Eileen und Michele. Michele kannte ich aus einem Filmclub. Er hat mich manchmal zu sich nach Hause mitgenommen, und so lernte ich auch Eileen kennen. Ich bin Italiener und habe hier in Leeds ein Studienstipendium. Deine Adresse habe ich von Michele. Er sagte mir, ich solle Dich besuchen, wenn ich im Sommer nach Italien zurückkehre.

Ich schreibe Dir, um Dir mitzuteilen, daß Dein Bruder seine Frau verlassen hat und mit unbekannter Anschrift verzogen ist. Seine Frau schreibt Dir nicht, weil sie fast kein Italienisch kann und außerdem in sehr schlechter geistiger Verfassung ist. Auch wenn ich es nicht wagen würde, Michele zu verurteilen, tut sie mir entsetzlich leid, aber auch er tat mir leid, wenn ich ihn in der schmutzigen Pension besuchte, in die er sich verkrochen hatte.

Ich schreibe Dir auf Wunsch von Eileen, daß Michele fortgegangen ist. Denn erstens weiß sie nicht, ob er selbst Euch darüber informiert hat, daß ihre Ehe in die Brüche gegangen ist, zweitens ist Michele ohne Hinterlassung einer Anschrift fortgegangen, und drittens hat er bei seinem Aufbruch hier einige Schulden hinterlassen. Sie beabsichtigt nicht, diese Schulden zu bezahlen, und bittet Euch, das zu tun. Diese Schulden betragen dreihundert Pfund. Eileen läßt Euch bitten, ihr diesen Betrag zu überweisen, und zwar möglichst sofort.

Ermanno Giustiniani
Leeds, Lincoln Road 4

34

den 3. Mai 71

Lieber Ermanno Giustiniani,

Sag Eileen, daß wir ihr das Geld durch einen Verwandten, Lillino Borghi, schicken, der in diesen Tagen ohnehin nach England fahren muß.

Solltet Ihr inzwischen erfahren haben, wo Michele sich gegenwärtig aufhält, so wäre ich Dir für sofortige Nachricht dankbar. Wir haben nichts mehr von ihm gehört. Mir hatte er geschrieben, er wolle vielleicht nach Brügge gehen, aber ich weiß nicht, ob er das dann tatsächlich getan hat oder nicht.

Er hatte mir geschrieben, er habe in Leeds keinen Freund, aber vielleicht war das, ehe Ihr Euch im Filmclub begegnet seid. Oder vielleicht hat er auch gelogen, wie er möglicherweise über manches andere gelogen hat, und seine mangelnde Offenheit und seine eventuellen Lügen machen es mir schwer, mir eine Vorstellung von seinem Leben zu machen. Aber auch ich verurteile ihn gewiß nicht, schon weil ich dazu nicht über die notwendigen Kenntnisse verfüge. Ich kann seine Lügen und sein Schweigen bedauern, aber es gibt unglückliche Umstände, die uns selbst gegen unseren Willen zum Lügen oder Verschweigen zwingen.

Ich schreibe nicht direkt an Eileen, weil ich meinerseits schlecht Englisch kann, und weil ich auch nicht weiß, was ich ihr sagen sollte, außer daß ich das, was ihr zugestoßen ist, tief bedaure, aber das kannst vielleicht auch Du ihr sagen.

Angelica Vivanti De Righi

35

Trapani, den 15. Mai 71

Lieber Michele,
Wundere Dich nicht, wenn ich Dir aus Trapani schreibe. Ich bin nämlich hier gelandet. Ich weiß nicht, ob ich Dir geschrieben habe, daß ich mich in einer Pension an der Piazza Annibaliana, die Pensione Piave hieß, mit einer Dame angefreundet habe, die sehr nett zu mir war. Sie sagte mal zu mir, sie könne mich mit dem Kind bei sich in Trapani aufnehmen. Später habe ich sie gänzlich aus den Augen verloren und erinnerte mich nicht mehr an ihren Zunamen. Nur noch an ihren Vornamen. Sie heißt Lillia, ist dick und hat den ganzen Kopf voll Ringellocken. Von Novi Ligure aus habe ich an ein Hausmädchen in der Pension Piave geschrieben, von dem ich auch nur noch den Vornamen, Vincenza, wußte. Diesem Hausmädchen habe ich die Dicke mit den Ringellocken und einem kleinen Kind beschrieben, und es hat mir deren Adresse in Trapani gegeben. Ihr Ehemann hat dort einen Schnellimbiß aufgemacht. So habe ich der Lockigen einen Brief geschickt, bin dann aber losgefahren, noch ehe ich Antwort von ihr hatte. Nun bin ich also hier. Der Ehemann war von meinem Eintreffen keineswegs begeistert, aber sie sagte, ich könne ihr im Haushalt helfen. Morgens stehe ich um sieben Uhr auf und bringe der Lockigen den Kaffee, die dann noch in einem Bettjäckchen im Bett liegt. Dann muß ich mich um die Kinder kümmern, um meines und ihres, einkaufen gehen, putzen und die Betten machen. Mittags bringt die Lockige aus dem Schnellimbiß etwas zum Essen herauf, meistens breite Nudeln, weil sie sehr gern breite Nudeln

ißt. Mir dagegen schmecken diese breiten Nudeln und die übrigen Gerichte aus dem Schnellimbiß nicht besonders. Die Lockige ist in Trapani nicht glücklich. Sie findet die Stadt scheußlich. Außerdem geht es mit dem Schnellimbiß nicht gut. Sie müssen Wechsel bezahlen. Ich hatte mich erboten, die Buchführung für sie zu machen, aber der Mann meinte, dazu scheine ich ihm wenig geeignet, und ich glaube, damit hat er recht. Die Lockige weint sich oft an meiner Schulter aus. Trösten kann ich sie allerdings nicht. Denn auch mir ist schwer ums Herz. Aber dem Kind geht es hier gut. Nachmittags gehe ich mit ihm und dem anderen Kind in die Anlagen. Die Lockige hat einen Kinderwagen, in den sie alle beide hineinpassen. In den Anlagen schwatze ich mit den Leuten, die ich dort treffe, und erzähle Lügengeschichten. Wenn man deprimiert ist, fühlt man sich unter Unbekannten wohl. Zumindest kann man ihnen Lügen aufbinden.

Die Lockige ist für mich ganz und gar keine Unbekannte mehr. Ich kenne ihre Gesichtszüge, alle ihre Kleider, Unterkleider und die Lockenwickel, mit denen sie sich ihre Locken dreht, inzwischen schon auswendig. Ich sehe jeden Tag zu, wenn sie ihre breiten Nudeln ißt und sich dabei den Mund mit Tomatenmark verschmiert. Auch ich bin für sie durchaus keine Unbekannte mehr. Manchmal behandelt sie mich schlecht, und dann gebe ich ihr sehr ungezogene Antworten. Lügen binde ich ihr nicht mehr auf, denn ich habe ihr, wenn ich an ihrer Schulter weinte, längst die ganze Wahrheit erzählt. Ich habe ihr erzählt, daß ich keinen Menschen habe und von allen Seiten nur Tritte in den Hintern bekomme.

Ihr Kind wiegt mit sieben Monaten neun Kilo und meines nur sieben Kilo und zweihundert Gramm, aber der Kinderarzt in Novi Ligure war der Ansicht, Kinder sollten gar nicht so fett sein. Im übrigen ist mein Kind schöner und rosiger als ihres, und ich muß Dir sagen, daß es jetzt blondes lockiges Haar hat, das nicht so rötlich ist wie Deines, aber doch einen Stich ins Rötliche hat, und seine Augen sind nicht wirklich grün, aber von einem Grau, das vielleicht einen Stich ins Grüne hat. Manchmal, wenn es lacht, finde ich, daß es Dir gleicht, aber wenn es schläft, gleicht es nur meinem Großvater Gustavo. Die Lockige behauptet, man könne durch eine Blutprobe feststellen, ob es von Dir ist, aber auch das ist keine sichere Sache, denn um festzustellen, wessen Kind jemand ist, gibt es keine sicheren Methoden. Aber was bedeutet das schon, denn Dich interessiert es überhaupt nicht und mich nur ein bißchen. Von den zwölf Strampelhosen, die Deine Frau mir hat schicken lassen, muß ich Dir sagen, daß sie mir jetzt sehr zupaß kommen. Anfänglich habe ich sie zwar verachtet, aber jetzt tun sie doch ihre Dienste, und manchmal trägt sie sogar das Kind der Lockigen, wenn es nichts anderes anzuziehen hat.

Praktisch arbeite ich hier als Dienstmädchen. Das tue ich nicht gern, und ich denke, daß niemand das gern tut. Abends gehe ich todmüde und mit schmerzenden Füßen zu Bett. Mein Zimmer liegt hinter der Küche. Man kommt darin vor Hitze beinahe um. Regelrecht bezahlt werde ich hier nicht, denn sie behaupten, ich sei hier au pair, das heißt, daß sie mir hin und wieder, wenn sie gerade daran denken, fünftausend Lire geben, aber seit ich hier bin, haben sie erst zweimal daran gedacht. Allerdings steht auch ihnen das Wasser bis zum Halse.

Meinen Pelz habe ich in einem Mottensack in den Schrank der Lockigen gehängt, und manchmal macht die

Lockige den Reißverschluß des Mottensacks auf und streichelt über einen Ärmel. Sie sagt, sie würde mir den Pelz gern abkaufen, aber ich möchte ihn ihr nicht verkaufen, weil ich Angst habe, daß sie mir dafür wenig oder am Ende gar nichts bezahlt. Ursprünglich wollte ich ihn überhaupt nicht verkaufen, sondern zur Erinnerung an die Zeit behalten, die ich mit dem Pelikan verbracht habe, aber nun werde ich ihn doch verkaufen, denn ich bin nicht sentimental. Ab und zu habe ich zwar sentimentale Anwandlungen, aber die gehen rasch vorüber. Dann werde ich sofort wieder die, die ich bin, nämlich unsentimental und mit beiden Beinen fest auf dem Boden stehend. Osvaldo allerdings meint, daß ich keineswegs mit beiden Beinen fest auf dem Boden stehe, sondern mich vielmehr in einem Wolkenkuckucksheim dahintreiben lasse, und vielleicht hat er damit sogar recht, denn ab und zu kriege ich einen schrecklichen Tritt in den Hintern.

Osvaldo habe ich Mitte April gesehen, als ich meine Reise hierher in Rom unterbrach. Ich ging in sein Lädchen, wo Frau Peroni mich und das Kind sehr herzlich empfing, und später kam auch er. Ich habe ihn gefragt, ob er Nachrichten von Dir hätte, aber er hatte keine und war gerade erst von einer Reise nach Umbrien, natürlich mit Ada, zurückgekehrt. Er hat mich in seinem Wagen zum Bahnhof gebracht. Vom Pelikan erzählte er, er habe sich in eine Villa, die er im Chianti-Gebiet besitzt, zurückgezogen und werde vielleicht den Verlag schließen, da er ihn nicht mehr interessiere. Ada besucht ihn hin und wieder in dieser Villa. Aber ich mache mir nichts mehr aus dem Pelikan, und die Zeiten, als ich mir die Augen nach ihm ausweinte, scheinen mir schon lange zurückzuliegen. Wichtig ist nur, seinen Weg weiterzugehen und sich von den Dingen zu entfernen, über die man weinen muß. Osvaldo meinte, in Trapani werde ich mich nicht wohl fühlen und als Dienstmädchen ausgenutzt werden, was ja dann auch eingetroffen ist. Doch ich sagte ihm, ganz allmählich und in aller Ruhe würde ich eine andere Lösung für mich finden, unter Umständen eine Arbeit von der Art, wie ich sie im Verlag tat, ehe der Pelikan mich zu sich in sein Penthouse holte. Das heißt, im Grunde hat nicht er mich geholt, sondern ich habe mich dort eingenistet. Im übrigen hatte auch Osvaldo mir nichts vorzuschlagen, er fand nur, ich solle nicht nach Trapani gehen. Wahrhaftig ein großartiger Einfall! Denn daß ich in Trapani abends vor Melancholie umkommen würde, wußte ich auch von allein, aber man muß nur nicht zum Fenster hinausschauen, sondern sich ins Bett verkriechen und das Leintuch über den Kopf ziehen.

Osvaldo blieb, bis der Zug abfuhr. Er hat sich zu mir ins Abteil gesetzt. Er hat mir Illustrierte und Brötchen gekauft. Er hat mir Geld gegeben. Ich hinterließ ihm meine Adresse für den Fall, daß er auf den Gedanken käme, mich zu besuchen. Dann haben wir uns umarmt und geküßt, und als er mich küßte, wurde mir klar, daß er durch und durch schwul ist, zuvor hatte ich daran noch gezweifelt, aber in diesem Augenblick im Zug sind mir alle Zweifel daran vergangen.

Zum Schluß dieses Briefes schreibe ich Dir meine Adresse. Ich weiß nicht, ob ich hier noch lange bleiben werde, denn die Lockige sagt immer wieder, sie könne sich den Luxus eines Au-pair-Mädchens nicht leisten. Manchmal behauptet sie das, aber dann umarmt sie mich wieder und sagt, ich sei für sie eine so gute Gesellschaft. Mir tut die Lockige leid. Aber zugleich hasse ich sie auch. Denn ich habe entdeckt, daß einem die Leute immer leidtun, sobald man sie ein bißchen besser kennt. Deshalb fühlt man sich auch unter Unbekannten so wohl. Denn bei ihnen ist der Augenblick noch nicht gekommen, in dem sie einem leidtun und man sie haßt.

Hier wird man im August wohl vor Hitze umkommen. Ich schreibe Dir in meinem Zimmer. Das Fenster in diesem Zimmer kann man nur öffnen, wenn man auf das Bett steigt. Schon jetzt ist es heiß. Unter uns ist der Schnellimbiß, und allein der Gedanke daran läßt es mir noch heißer erscheinen. Ich sitze beim Schreiben auf meinem Bett. Neben mir liegt ein Haufen Wäsche zum Bügeln. Aber Du kannst Dir sicher vorstellen, daß ich mich jetzt nicht ans Bügeln mache.

Ich schreibe Dir an Deine bisherige Adresse in Leeds. Oft frage ich mich, wie Dein Leben mit Deiner Frau in dieser englischen Stadt wohl sein mag. Jedenfalls sicher besser als das Leben, das mir hier blüht. Männer, die mich interessieren könnten, bekomme ich hier überhaupt nicht zu sehen. Manchmal frage ich mich wahrhaftig, wohin sich die Männer verkrochen haben, die mich interessieren und die sich für mich interessieren.

Ich umarme Dich.

Mara
Trapani, Via Garibaldi 14

36

den 4. Juni 71

Liebe Mara,

Ich schreibe Ihnen, um Ihnen eine schmerzliche Nachricht zu geben. Mein Bruder Michele ist in Brügge bei einer Studentendemonstration ums Leben gekommen. Die Polizei kam und trieb sie auseinander. Er wurde von einer Gruppe von Faschisten verfolgt, und einer von ihnen hat ihm einen Messerstich versetzt. Wahrscheinlich haben sie ihn gekannt. Die Straße war menschenleer. Ein Freund von Michele war mit ihm zusammen und ging fort, um das Rote Kreuz anzurufen. Währenddessen blieb Michele allein auf dem Bürgersteig liegen. Es war eine Straße mit lauter Lagerhäusern, die um diese Zeit, das heißt abends um zehn Uhr, alle geschlossen waren. Michele ist um elf Uhr auf der Unfallstation des Krankenhauses gestorben. Sein Freund hat meine Schwester Angelica angerufen. Meine Schwester, ihr Mann und Osvaldo Ventura sind nach Brügge gereist. Sie haben ihn nach Italien geholt. Gestern ist Michele in Rom neben unserem Vater begraben worden, der, wie Sie sich vielleicht erinnern, im letzten Dezember gestorben ist.

Osvaldo hat mich gebeten, Ihnen zu schreiben. Er ist zu tief erschüttert. Auch ich bin, wie Sie sich vorstellen können, tief erschüttert, aber ich versuche, mich zu fassen. Die Nachricht hat in allen Zeitungen gestanden, aber Osvaldo meint, sie läsen keine Zeitungen.

Ich weiß, daß Sie meinen Bruder liebgehabt haben. Ich weiß, daß Ihr Euch schriebt. Sie und ich haben uns letztes Jahr bei einem Fest anläßlich von Micheles Geburtstag kennengelernt. Ich kann mich gut an Sie erinnern. Wir glaubten, Ihnen unseren unersetzlichen Verlust mitteilen zu sollen.

Viola

37

den 12. Juni 71

Liebe Mara,
Ich weiß, daß Viola Dir geschrieben hat. Ich bin jetzt mit meinem Kind hier im Haus meiner Mutter. Ich leiste ihr Gesellschaft, und wir verbringen zusammen die Tage der Betäubung, die auf ein Unglück folgen. Es sind Tage der Betäubung, auch wenn wir sie mit den Dingen anfüllen, die getan werden müssen, mit den Briefen, die zu schreiben, mit den Fotografien, die anzuschauen sind. Und es sind Tage des Schweigens, auch wenn wir soviel wie möglich zu reden und uns um die Lebenden zu kümmern versuchen. Ein bißchen sammelt man auch Erinnerungen, am liebsten die, die am weitesten zurückliegen, weil sie am wenigsten schmerzen, und ein bißchen verliert man sich in tausend Kleinigkeiten, die sich auf die Gegenwart beziehen, und dabei spricht man vielleicht sogar laut und lacht laut, um sicher zu sein, daß man die Fähigkeit, an die Gegenwart zu denken und laut zu sprechen und zu lachen, nicht verloren hat. Aber kaum sind wir auch nur einen Augenblick still, spüren wir unser Schweigen. Hin und wieder kommt Osvaldo, der nichts an unserem Schweigen und unserer Betäubung ändert. Deshalb freuen wir uns über seine Besuche.

Ich würde gern wissen, ob Du in letzter Zeit Briefe von Michele bekommen hast. Uns hat er nicht mehr geschrieben. Die Kerle, die ihn umgebracht haben, sind nicht gefunden worden, und die Hinweise des Jungen, der sie gesehen hat, sind verworren und ungenau. Ich glaube, daß Michele in Brügge wieder Kontakt zu politischen Gruppen aufgenommen hat, und ich glaube, daß die, die ihn umgebracht haben, ihre bestimmten Gründe für diesen Mord hatten. Aber das sind alles nur Vermutungen. In Wirklichkeit wissen wir gar nichts, und alles, was wir in Erfahrung bringen können, werden wieder Vermutungen sein, die wir im Inneren bewahren und immer wieder befragen werden, ohne je eine klare Antwort zu erhalten.

Es gibt Dinge, an die ich nicht denken darf, insbesondere kann ich nicht an die Augenblicke denken, als Michele allein auf dieser Straße gelegen hat. Ich kann auch nicht daran denken, daß ich, während er starb, in aller Ruhe hier zu Hause war, das tat, was ich jeden Abend tue, das Geschirr spülte, Floras Strümpfe wusch und mit zwei Klammern auf dem Balkon aufhängte, bis das Telefon läutete. Ich kann auch nicht an all das denken, was ich am Tag zuvor getan habe, denn das alles führte in aller Ruhe zu diesem Telefonläuten. Meine Telefonnummer hat Michele in einem Augenblick, in dem er noch einmal zu Bewußtsein kam, dem Jungen genannt, aber sofort darauf ist er gestorben, und auch das ist entsetzlich für mich, daß ihm meine Telefonnummer durch den Sinn ging, während er starb. Am Telefon verstand ich überhaupt nichts, weil deutsch gesprochen wurde, und ich kein Deutsch kann, ich habe Oreste gerufen, der Deutsch spricht. Danach hat Oreste alles getan. Er hat das Kind zu unseren Freunden Bertoia gebracht, Osvaldo und Viola angerufen. Zu meiner Mutter ist Viola gegangen. Eigentlich wollte ich es ihr sagen, aber ich wollte auch mitfahren, und schließlich habe ich mich entschlossen mitzufahren, weil ich von Michele Abschied nehmen und noch einmal seine roten Locken sehen wollte, die ich so gern mochte.

Wir haben in der Krankenhauskapelle von Michele Abschied genommen. Danach haben sie uns in der Pension seinen Handkoffer, seinen Lodenmantel und seinen roten Pullover gegeben. Sie lagen auf einem Stuhl in seinem Zimmer. Bei seinem Tod trug er Jeans und ein weißes baumwollenes Hemd mit einem Tigerkopf darauf. Wir haben dieses Hemd und diese Jeans blutverschmiert auf dem Kommissariat gesehen. In seinem Koffer hatte er etwas Wäsche, ein bißchen zerbröckelten Zwieback und ein Kursbuch. Wir haben uns auch die Straße angesehen, in der er umgebracht wurde. Eine enge Straße mit Lagerhäusern aus Beton an beiden Seiten. Um diese Zeit war sie von Stimmen und Lastwagen erfüllt. Mit uns kam sein Freund, der bei ihm war, als er starb. Ein junger Däne von siebzehn Jahren. Er zeigte uns die Bierkneipe, in der er zusammen mit Michele mittags gegessen hatte, und das Kino, in das sie sich am Nachmittag verkrochen hatten. Er und Michele kannten sich erst seit drei Tagen. So konnten wir von ihm nicht erfahren, mit wem Michele sonst noch befreundet oder beisammen gewesen war. Damit bleiben die Pension, die Bierkneipe und das Kino die einzigen Dinge, die wir von seinem Leben in dieser Stadt kennen.

Schreib mir und gib mir Nachrichten von Dir und Deinem Kind. Ich muß jetzt manchmal an Dein Kind denken, weil Michele mir gesagt hat, es wäre vielleicht von ihm. Ich fand nicht, daß es ihm glich, als ich es gesehen habe, aber es ist ja nicht ausgeschlossen, daß es dennoch sein Kind ist. Ich meine, wir sollten uns jedenfalls um es kümmern, ohne danach zu fragen, ob es sein Kind ist, wir, das heißt meine Mutter, meine Schwestern und ich. Weshalb ich das meine, weiß ich selbst nicht, aber es gibt ja nicht für alle Dinge, die wir tun müssen, eine Erklärung, und wenn ich ehrlich bin, so glaube ich vielmehr, daß es gerade für unsere Pflichten keine Erklärung gibt. So werden wir, denke ich, versuchen, Dir hin und wieder Geld zu schicken. Nicht, daß Deine Probleme mit Geld zu lösen wären, so einsam, aus der Bahn geworfen, unstet und konfus, wie Du bist. Aber jeder von uns ist in irgendeiner Hinsicht aus der Bahn geworfen und konfus und hat manchmal ein starkes Bedürfnis nach Unstetigkeit und Einsamkeit, und deshalb braucht jeder von uns sich nur daran zu erinnern, um Dich zu verstehen.

Angelica

38

Trapani, den 18. Juni 71

Liebe Frau Angelica,

Ich bin eine Freundin von Mara und schreibe Ihnen, weil Mara zu tief erschüttert ist, um das zu tun. Mara bittet mich, Ihnen ihr Beileid zu dem schweren Schicksalsschlag auszusprechen, der Sie getroffen hat, und ich schließe mich dem mit dem Ausdruck meiner aufrichtigen Teilnahme an. Mara ist von diesem Schicksalsschlag so aufgewühlt, daß sie zwei Tage lang nichts essen konnte. Das ist in Anbetracht der Tatsache verständlich, daß Ihr entschlafener Bruder der Vater des kleinen Engels Paolo Michele war, dieses anbetungswürdigen Geschöpfchens, das in diesem Augenblick zusammen mit meinem eigenen Kind auf dem Balkon in einem Laufstall spielt. Im Namen dieser beiden unschuldigen Seelen wende ich mich mit der Bitte an Sie, Mara nicht zu vergessen, die gegenwärtig bei mir wohnt und mir bei der Erledigung meiner häuslichen Geschäfte zur Hand geht. Ich glaube nicht, daß ich die beiden, den kleinen Engel und seine Mutter, noch lange hierbehalten kann, denn sie stellen eine nicht unerhebliche wirtschaftliche Belastung dar, und wenn ich Mara auch nahestehe wie eine Schwester, so brauche ich im Grunde doch eine regelrechte Haushaltshilfe, und Mara hat zu viele Kümmernisse, um sich dem Haushalt mit gebührender Geduld, Beständigkeit und gutem Willen zu widmen. Dennoch haben weder mein Mann noch ich das Herz, sie einfach auf die Straße zu setzen. Deshalb bitte ich Sie alle, sich dieses von frühen Prüfungen heimgesuchten Mädchens und des unschuldigen Waisenkindes Ihres Sohnes anzunehmen, der viel zu früh in den Himmel hinaufgeflogen ist. Ich kann Ihnen gar nicht sagen, wie viele Unannehmlichkeiten, Sorgen und wirtschaftliche Schwierigkeiten auf mir lasten, deshalb möchte ich, nachdem ich ein gutes Werk getan habe, nun nicht andere der Möglichkeit berauben, ihre Pflicht zu erfüllen und ebenfalls ein gutes Werk zu verrichten.

Mit dem Ausdruck meiner vorzüglichen Hochachtung und in der Hoffnung, keine vergebliche Bitte getan zu haben, grüße ich Sie ergebenst.

Lillia Savio Lavia

Ich gestatte mir den Hinweis, daß Ihnen, wenn Sie Mara zu sich nehmen, der große Trost zuteil wird, in dem kleinen Engel die Züge Ihres lieben Verstorbenen wiederzufinden, eine Tröstung, die gramgebeugte Herzen wie erquickender Tau zu stärken vermag.

39

Varese, den 8. Juli 71

Liebe Angelica,

Ich bin hier in Varese bei einem Onkel von Osvaldo. Wie Osvaldo Dir sicher gesagt hat, haben die Lockige und ihr Mann mich vor die Tür gesetzt. Für das Geld, das Du mir geschickt hast, danke ich Dir sehr, leider habe ich es aber fast ganz der Lockigen geben müssen, weil sie behauptete, ich hätte ihr ein ganzes Eßgeschirr zerschlagen, und damit hatte sie recht. Als sie einmal ein Dutzend Verwandte zum Essen hier hatten, bin ich mit dem Servierwagen an die Tür gestoßen, und das ganze Geschirr ging in Scherben.

Als ich erfuhr, daß Michele tot ist, habe ich mich auf mein Bett geworfen und geweint und bin den ganzen Tag dort liegen geblieben. Die Lockige brachte mir immer wieder ein Süppchen, denn schlecht war sie nicht, wenn sie sich nicht in Gedanken an Hausputz und unnötige Ausgaben verbohrte. Dann habe ich mich aus Liebe zu meinem Kind zu fassen versucht und habe mein gewohntes Leben wieder aufgenommen, und die Lockige hat mir zur Stärkung Injektionen gemacht.

Deinen Brief hatte ich der Lockigen nicht zu lesen gegeben, denn ich hielt auch sonst alle meine Briefe in einem Paar Stiefel versteckt, aber als ich eines Tages in mein Zimmer kam, traf ich die Lockige vor meiner Kommode an, sie wurde rot und behauptete, sie suche nur nach der Zitronenpresse, aber ich sagte ihr rund heraus, mir sei längst klar, daß sie in meinen Sachen herumschnüffele, und so kam es zum Streit. Es war das erste Mal, daß wir uns unter Gebrüll und Gezeter gezankt haben, und ich habe ihr dabei einen Volant vom Morgenrock abgerissen. Als dann Dein Scheck kam, haben wir uns wieder unter Gebrüll und Gezeter gezankt, aber dabei wurde mir klar, daß nichts zu machen war. Ich habe also Deinen Scheck eingelöst und habe ihr das Geld an den Kopf geworfen, und sie hat es genommen. Das war ein paar Tage, bevor ich fortgegangen bin. Leider habe ich in meinem Leben die Erfahrung gemacht, daß meine Beziehungen zu anderen Leuten sich nach kurzer Zeit zum Schlechten wenden, ich weiß nicht recht, ob durch meine Schuld oder durch die der anderen, jedenfalls ist es nun auch mit meiner Freundschaft zu der Lokkigen aus, obgleich mir klar ist, daß ich ihr eigentlich Dank schulde, aber ich bringe es nicht mehr fertig, ruhig und liebevoll an sie zurückzudenken.

Es war sehr lieb von Dir, mir dieses Geld zu schicken, und ich bitte Dich, auch Deiner Mutter dafür zu danken, denn ich vermute, daß sie es Dir gegeben hat. Wenn Du mir Geld schickst, bin ich Dir immer dankbar und nehme es an, aber ehrlicherweise muß ich Dir etwas sagen. Ich glaube nicht, daß mein Kind von Michele ist. Es gleicht ihm nicht. In manchen Augenblicken gleicht es meinem Großvater Gustavo. Aber in anderen Augenblicken gleicht es auch Oliviero, dem Jungen, der so viel mit Michele zusammen war und immer einen dicken grauen Pullover mit zwei Reihen grüner Bäumchen darauf trug. Ich habe drei- oder viermal mit ihm geschlafen, und es hat mir nicht den geringsten Spaß gemacht, aber es kann natürlich trotzdem sein, daß es mir gerade mit ihm passiert ist. Du sagst in Deinem Brief so richtig, daß ich konfus und aus der Bahn geworfen bin und daß Du mich dennoch verstehen kannst. Aber wenn ich auch noch so konfus und aus der Bahn geworfen bin, habe ich Dir doch ehrlich die Wahrheit sagen wollen, denn Dich möchte ich nicht betrügen. Vielleicht wäre ich imstande, alle anderen Menschen zu betrügen, aber Dich nicht. Denn wie Du so richtig sagst, gibt es für die Dinge, von denen wir fühlen, daß wir sie tun oder lassen müssen, keine Erklärung. Ja, es ist gerade das Schöne daran, daß es für sie keine Erklärungen gibt, denn wenn es sie gäbe, wäre alles sterbenslangweilig.

Jetzt will ich Dir aber von der Katastrophe weitererzählen, die passiert ist. Die Lockige und ihr Mann haben einen Ausflug nach Catania gemacht. Sie wollten drei Tage fortbleiben, aber dann ist ihnen ihr Auto kaputtgegangen. Deshalb sind sie früher zurückgekommen und haben mich zu Hause mit ihrem Schwager in ihrem Ehebett ertappt. An einem Sonntagnachmittag um drei Uhr.

Richtig gesagt, war dieser Schwager sein Bruder und nur ihr Schwager. Er war achtzehn Jahre alt. Ich schreibe »war«, weil ich ihn ohnehin nicht wiedersehen werde. Er hat an dem Essen teilgenommen, bei dem ich das Geschirr zerbrochen habe, und hat mir geholfen, die Scherben in den Mülleimer zu tun. An dem Sonntag war ich allein zu Hause, weil sie, wie ich schon geschrieben habe, nach Catania gefahren waren. Ich legte gerade die beiden Kinder, meines und ihres, zum Mittagsschlaf ins Bett. Es war entsetzlich heiß. Plötzlich stand Peppino vor mir, denn er hatte die Schlüssel zur Wohnung. Ich hatte nicht gehört, wie er die Tür aufschloß, und erschrak. Er war groß und hatte einen schwarzen Strubbelkopf. Seit dem Tag mit dem Geschirr war er hinter mir her. Er glich Oliviero ein bißchen. Ich ließ die Rolläden im Kinderzimmer herunter und ging mit ihm in die Küche. Er sagte, er habe Hunger und ich solle ihm Spaghetti machen. Aber ich hatte keine Lust zu kochen und setzte ihm einen Teller mit breiten Nudeln vor. Er sagte, er hasse diese kalten Nudeln aus dem Schnellimbiß und er wisse, wie sie gemacht würden, nämlich mit immer wieder erhitztem Öl, das in einer großen Flasche aufgehoben werde, und aus einem Ragout aus dem übriggebliebenen Fleisch vom Teller der Gäste. So haben wir miteinander geschwatzt und haben dabei Böses über den Schnellimbiß gesagt und infolgedessen auch über die Lockige und ihren Mann, das heißt über seine Schwägerin und seinen Bruder, und über all diesem Geschwätz sind wir schließlich in deren Bett gelandet, denn mein Bett war nur klein, ich hatte es ihm gezeigt, aber er war der Ansicht, das Ehebett sei doch viel besser. Wir hatten gerade zusammen geschlafen und lagen einander friedlich in den Armen, als plötzlich erst ihr Lockenkopf und gleich darauf der Kahlkopf ihres Mannes mit seiner Sonnenbrille an der Tür erschien. Peppino ist blitzschnell in seine Hosen und sein Unterhemd gefahren und hat sein T-Shirt ergriffen, ich glaube, er hat sich im Treppenhaus fertig angezogen, denn er war im Handumdrehen verschwunden und ließ mich mit diesen beiden Giftschlangen allein. Sie sagten, ich solle auf der Stelle das Haus verlassen, und ich antwortete, ich wolle damit warten, bis das Kind ausgeschlafen habe, aber inzwischen waren die beiden Kinder schon aufgewacht und schrien. Ich ging meinen Koffer packen, und während ich noch dabei war, erschien die Lockige bei mir, legte plötzlich den Kopf an meine Schulter und begann zu weinen. Sie sagte, sie könne verstehen, daß ich eben noch jung sei, aber ihr Mann wolle das nicht einsehen und vor allen Dingen sei er der Meinung, daß ich mit seinem Bruder nicht nur ihr Ehebett, sondern das ganze Haus und selbst die unschuldigen Seelen der Kinder beschmutzt hätte. Dann hat die Lockige Milch für mein Kind in eine Plastikflasche getan, ich hatte sie um ihre Thermosflasche gebeten, aber die wollte sie mir nicht geben, weil es ihre einzige war, eine andere hatte sie mir schon in der Pension gegeben, und die habe ich auf all meinen Wanderschaften verloren. Die Plastikflasche scheint aber nicht sauber gewesen zu sein, jedenfalls ist die Milch sauer geworden, und ich habe sie am Abend fortschütten müssen. Ich sagte der Lockigen, ich ginge fort und zurück nach Rom, in Wirklichkeit aber bin ich nicht abgereist, sondern zu einer Bäckersfrau gegangen, die ich kannte, der Laden war zwar geschlossen, aber ich habe an der Hintertür geläutet. Die Bäckersfrau sagte mir, diese Nacht könne ich in ihrem Haus schlafen, aber nur diese Nacht, und stellte unter der Treppe ein Notbett für mich auf. Das Kind habe ich in seine Plastiktasche gelegt, in der ihm heiß war, bei der Lockigen hatte es in einem alten Bettchen geschlafen. Abends habe ich Peppino im Schnellimbiß angerufen. Er kam, und wir sind erst spazierengegangen und haben dann auf einer Wiese in der Nähe des Bahnkörpers zusammen geschlafen. Während wir zusammen schliefen, überlegte ich mir, daß ich mir aus Peppino überhaupt nichts mache, denn für Jungen, die nicht einmal so alt sind wie ich, empfinde ich nie etwas, ich kann mich nur in Männer verlieben, die älter sind und mir so seltsam, geheimnisvoll und melancholisch vorkommen wie der Pelikan. Mit kleinen Jungen amüsiere ich mich nur und werde sehr fröhlich, zugleich aber tun sie mir auch leid, weil sie mir eben so dumm und blöde wie ich selbst vorkommen. Deshalb ist es mit ihnen, als wäre ich allein, nur viel fröhlicher. Auch mit Michele ist es so gewesen, mit ihm war es für mich ein Riesenspaß, und wir haben miteinander herrliche Stunden verbracht, die für mich nichts mit wahrer Liebe zu tun hatten, sondern den Stunden glichen, wenn ich als Kind mit anderen Kindern auf der Straße vorm Haus Fangball spielte. So habe ich damals mit Peppino plötzlich angefangen, an Michele zu denken, und habe weinen müssen und gedacht, daß ich es nicht mehr fertigbringe, längere Zeit fröhlich zu sein, und daß mir das auch nie mehr gelingen wird, weil mir immer zu viele Erinnerungen in den Sinn kommen, und Peppino glaubte, ich weinte, weil die Lockige mich auf die Straße gesetzt hatte, und wollte mich auf seine Art trösten, indem er wie ein Kater zu schnurren begann, was er sehr gut konnte. Aber ich schluchzte weiter und dachte dabei an Michele, der auf einer Straße umgebracht worden ist, und überlegte mir, daß auch ich vielleicht eines Nachts weiß Gott wo, an welcher Straßenecke umgebracht werde, vielleicht sogar fern von meinem Kind, und so kam mir mein Kind wieder in den Sinn, das ich bei der Bäckersfrau zurückgelassen hatte. Ich sagte Peppino, er solle aufhören, wie ein Kater zu schnurren, denn damit bringe er mich auch nicht zum Lachen, und plötzlich ist mir mein Pelz eingefallen, den ich in der Hast meines Aufbruchs mitzunehmen vergessen hatte und der in seinem Mottensack noch immer im Schrank der Lockigen hing. Peppino ist dann am nächsten Tag dort hingegangen, hat die Wohnung mit seinem Schlüssel aufgemacht und hat mir den Pelz zu der Bäckersfrau gebracht. Zunächst wollte er das zwar nicht, denn er hatte Angst davor, der Lockigen und ihrem Mann im Treppenhaus zu begegnen, aber ich habe ihn so lange gebeten, bis er sich dazu entschloß und den beiden auch nicht begegnet ist. Den Pelz habe ich der Bäckersfrau für vierhunderttausend Lire verkauft, und mit diesen vierhunderttausend Lire habe ich mich in ein Motel eingemietet. Von dort habe ich Osvaldo in seinem Lädchen in Rom angerufen, und er hat mir gesagt, er wolle darüber nachdenken, wohin ich gehen könne. Dann hat er zurückgerufen und hat gesagt, ich könne zu einem Onkel von ihm nach Varese gehen, einem alten Herrn, der jemanden suche, der in seinem Haus schlafe, damit er nachts nicht allein sei. So bin ich nun hier in einer schönen Villa mit einem Garten voll Hortensien und langweile mich, aber es geht mir gut, und dem Kind geht es auch gut. Osvaldos Onkel ist recht nett, vielleicht schwul, sieht gut aus, ist parfümiert, trägt schöne schwarze Samtjacken und tut nichts. Früher verkaufte er Bilder, und die ganze Villa ist voll von Bildern. Vor allem aber ist er stocktaub und hört deshalb nicht, wenn das Kind schreit. Ich habe ein schönes Zimmer mit einer Blumentapete, gar nicht zu vergleichen mit dem Loch, in dem ich in Trapani schlief, herrlich aber ist vor allem, daß ich hier fast nichts zu tun brauche, als Hortensien schneiden und in die Vasen stellen und abends zwei verlorene Eier machen, eines für den Onkel und eines für mich. Das einzige ist, daß ich nicht weiß, ob ich hierbleiben kann, denn der Onkel sagt, vielleicht werde Ada ihm ihren Diener abtreten, und wenn Ada ihm ihren Diener überläßt, braucht er mich nicht mehr, diese Ada kommt mir doch allenthalben in die Quere, der Teufel soll sie holen. Ich würde gern für immer hier bleiben, die Langeweile würde ich, glaube ich, ertragen, nur habe ich manchmal in dieser einsamen Villa Angst, früher habe ich nie Angst gehabt, aber jetzt schnürt mir manchmal die Angst die Kehle zusammen, ich erinnere mich an Michele und denke daran, daß auch ich sterben muß und vielleicht ausgerechnet hier in dieser schönen Villa mit ihren roten Treppenläufern, ihren verzierten Wasserhähnen in den Badezimmern, ihren Vasen mit Hortensien sogar in der Küche und den Tauben, die auf ihren Fensterbrettern gurren.

Mara

40

den 8. August 71

Lieber Filippo,

Gestern habe ich Dich auf der Piazza di Spagna gesehen. Ich glaube nicht, daß Du mich gesehen hast. Ich war mit Angelica und Flora zusammen. Du warst allein. Angelica fand, Du seiest alt geworden. Ich weiß nicht, ob ich das auch fand. Du hattest die Jacke über die Schultern geworfen und riebst Dir beim Gehen mit einer mir vertrauten Gebärde die Stirn. Du gingst zu Babington hinein.

Es kommt mir höchst seltsam vor, Dich auf der Straße vorübergehen zu sehen und Dich nicht zu rufen. Aber tatsächlich hätten wir uns kaum etwas zu sagen. Mir ist gleichgültig, was Dir begegnet, und Dir wird sicher ebenso gleichgültig sein, was mir begegnet. Was Dir begegnet, ist mir gleichgültig, weil ich unglücklich bin. Was mir begegnet, ist Dir gleichgültig, weil Du glücklich bist. Jedenfalls sind Du und ich einander heute fremd.

Ich weiß, daß Du auf dem Friedhof warst. Ich war nicht auf dem Friedhof, sondern Viola hat es mir erzählt, die dort war. Ich weiß, daß Du ihr gesagt hast, Du würdest mich gern besuchen. Bis jetzt bist Du nicht gekommen. Und ich habe keine Lust, Dich zu sehen. Bis auf meine Töchter mit ihrem unvermeidlichen Familienanhang, meine Schwägerin Matilde und unseren Freund Osvaldo Ventura möchte ich überhaupt niemanden sehen. Auch bei diesen Menschen habe ich nicht das Gefühl, ihre Gesellschaft zu suchen, aber wenn ich sie ein paar Tage nicht gesehen habe, fehlen sie mir. Wenn Du mich besuchen kämest, könnte es sein, daß ich mich sofort wieder an Dich gewöhnen würde, und ich will mich nicht an eine Anwesenheit gewöhnen, die zwangsläufig nicht von Dauer sein kann. Das rosige Frauchen, das Du geheiratet hast, würde nicht erlauben, daß Du häufig hierher kommst. Und ich würde mich nicht mit einem einfachen, formellen einzigen Kondolenzbesuch von Dir begnügen. Davon hätte ich nichts.

Da es sein kann, daß Du während der Zeit, in der wir uns nicht gesehen haben, vollständig verdummt bist, möchte ich ausdrücklich erklären, daß der Ausdruck »rosiges Frauchen« keinerlei Bitterkeit enthält. Sollte ich Dir gegenüber je eifersüchtig oder bitter gewesen sein, dann haben meine Lebensumstände mir das längst ausgetrieben.

Hin und wieder kommst Du mir in den Sinn. Heute früh habe ich mich plötzlich an einen Tag erinnert, an dem Du und ich in Deinem Wagen nach Courmayeur gefahren sind, um Michele zu besuchen, der dort in einem Ferienlager war. Michele muß damals etwa zwölf Jahre alt gewesen sein. Ich erinnere mich noch daran, als wir ihn vor seinem Zelt entdeckten, mit nacktem Oberkörper und mit bloßen Füßen in seinen Bergstiefeln. Ich freute mich, daß er so gut aussah, braungebrannt und mehr denn je von Sommersprossen übersät. In der Stadt war er manchmal so blaß. Er kam nicht oft genug hinaus. Sein Vater schickte ihn nicht hinaus. Wir haben zusammen eine Fahrt unternommen und in einem Chalet gevespert. Gewöhnlich machte Michele Dich nervös. Du mochtest ihn nicht. Er mochte Dich nicht. Du behauptetest, er sei ein verzogener, anspruchsvoller, launischer kleiner Junge. Er fand Dich unsympathisch. Das sprach er zwar nicht aus, aber man merkte es ihm an. Doch an diesem Tag war alles ohne irgendeine Trübung, ohne daß ein einziges böses Wort zwischen Euch gefallen wäre. Wir gingen in einen Andenkenladen und Du kauftest ihm dort einen grünen Hut mit Gamsbart. Er war selig. Er hat ihn schief auf seine Locken gesetzt. Vielleicht war er wirklich verzogen, aber er konnte sich auch über die geringste Kleinigkeit freuen. Im Wagen begann er zu singen. Ein Lied, das sein Vater immer sang. Gewöhnlich reizte mich das, weil es mich an seinen Vater erinnerte, zu dem ich damals ein gespanntes Verhältnis hatte. Aber an diesem Tag war ich so glücklich, und alle Schwierigkeiten erschienen mir erträglich. In dem Lied hieß es: »Non avemo ni canones – ni tanks ni aviones – oi Carmelà!« Auch Du kanntest dieses Lied und stimmtest ein: »El terror de los fascistas – rumba – larumba – larumba – là.« Es mag Dir töricht erscheinen, aber ich habe Dir diesen Brief geschrieben, um Dir dafür zu danken, daß Du an diesem Tag zusammen mit Michele gesungen und ihm außerdem diesen Hut mit dem Gamsbart gekauft hast, den er noch zwei oder drei Jahre lang getragen hat. Ich möchte Dich um einen Gefallen bitten. Falls Du den gesamten Text dieses Liedes kennst, schreib ihn mir doch auf und schicke ihn mir mit der Post. Diese Bitte mag Dir seltsam erscheinen, aber man klammert sich an winzige ausgefallene Wünsche, wenn man im Grunde überhaupt nichts mehr wünscht.

                                                    Adriana

41

Ada war mit Elisabetta nach London geflogen. Osvaldo sollte sie in den ersten Septembertagen dort abholen. Vorerst hatte er noch in seinem Lädchen zu tun. Es war der zwanzigste August. Angelica wollte mit Oreste, ihrem Kind und dem Ehepaar Bettoia eine Autotour machen. Bei Adriana blieb Viola zurück. Die Zwillinge zelteten in den Dolomiten.

Angelica und Viola hatten Ada und Elisabetta in Violas Wagen zum Flugplatz gebracht. Jetzt kamen sie von dort zurück. Osvaldo fuhr hinter ihnen her.

Am Morgen waren Angelica und Viola mit Lillino bei einem Notar gewesen, um den Kaufvertrag für den Turm zu unterzeichnen. Gekauft hatte ihn der Pelikan. Er selbst aber war nicht bei dem Notar erschienen, sondern hatte nur seinen Anwalt geschickt. Er hielt sich immer noch im Chianti-Gebiet auf. Osvaldo behauptete, er sei von zahlreichen Krankheiten heimgesucht, die allesamt eingebildet, deshalb aber nicht weniger schmerzhaft seien. Seine Villa im Chianti-Gebiet verlasse er überhaupt nicht mehr. Um den Verlag kümmere sich Ada. Das tue sie, ohne einen roten Heller dafür zu nehmen.

Aber Ada pfeife eben aufs Geld, sagte Angelica zu Viola, neben der sie im Wagen saß. Viola fuhr und schaute dabei, ohne ihr hübsches Profil zu bewegen, vor sich auf die Straße. Trotz der großen Hitze war ihr duftiges, ausgiebig gebürstetes, glänzendes Haar wohlfrisiert. Sie trug ein frisch gebügeltes weißes Leinenkostüm. Angelica hatte Jeans und eine zerknitterte Bluse an. Sie hatte den Nachmittag damit verbracht, Koffer zu packen. Die Abreise war auf den nächsten Tag festgesetzt.

Ada pfeife aufs Geld, sagte Angelica, und lege keinen Wert darauf, aber sie habe ja auch genug. Und der Pelikan pfeife ebenfalls darauf, denn der habe sogar mehr als genug. Warum er den Turm gekauft habe, sei trotzdem nicht recht einzusehen. Sicherlich werde er nie einen Fuß in ihn setzen. Er habe ihn sich ja nicht einmal angeschaut. Vermutlich habe Ada ihn davon überzeugt, daß er eine gute Geldanlage darstelle. Ada wollte aus dem Turm etwas anderes machen, was, wisse man nicht genau, ein Restaurant oder ein Erholungsheim. Wahrhaftig, eine gute Erholung, wandte Viola ein. Man komme nur unter großen Anstrengungen zu dem Turm. »Du hast ihn nie gesehen«, sagte sie, »aber ich kenne ihn.« »Ich erkläre dir doch gerade, daß Ada ihn umbauen will«, unterbrach Angelica sie. »Sie will eine Straße anlegen lassen. Ein Schwimmbad. Bungalows. Und wer weiß, was sonst noch.« Was die beiden, Ada und den Pelikan, verbinde, sei eine gewisse Neugierde darauf, was mit Geld zu bewirken sei und wie man mit ihm die Dinge verändern könne, und eine große Gleichgültigkeit dem Besitz und dem Ausgeben von Geld gegenüber, von dem sie beide einen schönen Batzen besaßen. Was sie hingegen unterscheide, sei, daß Ada sich nicht vorstellen könne, arm zu sein, und das auch gar nicht versuche, während der Pelikan sein Leben damit verbringe, sich vorzustellen, er sei arm, und werde von Lust und Grauen bei dieser Vorstellung wie von Fieberschauern geschüttelt.

»Jedenfalls ist es mit unserem Turm jetzt vorbei«, sagte Viola.

»Er hat uns doch nie gehört«, entgegnete Angelica.

»Und war auch gar nicht so schön.«

»Das kann ich mir vorstellen.«

»Von außen war er bloß ein Steinhaufen mit einem Fenster hoch oben. Natürlich sah er in gewisser Weise wie ein Turm aus. Aber du brauchst ja bloß ein paar Steine aufeinanderzustapeln, dann kannst du das, wenn du Lust hast, einen Turm nennen. Innen drin stank es nach Scheiße, über die man auch allenthalben stolperte. Ich kann mich vor allem an diese Scheiße erinnern.«

»Aber er riecht ja nichts.«

»Wer riecht nichts?«

»Der Pelikan. Er hat zwar seine große Nase, behauptet aber, damit nichts zu riechen.«

»Jedenfalls ist es nicht zu verstehen, daß er diesen Turm gekauft hat. Und es ist auch nicht zu verstehen, warum unser Vater ihn gekauft hatte.«

»Wenn Ada meint, er stelle eine gute Geldanlage dar, dann hat sie bestimmt recht.«

»Dann verstehe ich nicht, weshalb wir ihn verkauft haben.«

»Weil Lillino uns das geraten hat.«

»Und wenn das ein schlechter Rat gewesen wäre?«

»Dann ist trotzdem nichts mehr daran zu ändern.«

»Ich hätte auch nicht gewußt, was ich mit diesem Scheißturm hätte anfangen sollen«, begann Viola von neuem. »Aber natürlich hatte ihn ursprünglich unser Vater gekauft. Deshalb tut es mir leid, daß ich ihn ›Scheißturm‹ genannt habe. Ich habe das gesagt, ohne mir etwas zu denken. Aber jedenfalls gibt es nun kein Zurück mehr. Für uns ist es mit dem Turm vorbei.«

»Als ob es für uns je damit angefangen hätte.«

»Ich habe Angst davor, mit Mama in ihrem einsamen Haus allein zu sein. Ich mag keine einsamen Orte. Schon deshalb hat der Turm mir nicht gefallen.«

»Matilde ist doch auch dort.«

»Matilde kann mir auch nicht das kleinste bißchen von meiner Angst nehmen.«

»Und Telefon gibt es dort jetzt auch. Hast du schon wieder vergessen, daß es jetzt dort Telefon gibt? Schon seit einer Woche. Adas Verdienst. Und Adas Hund wird auch dort sein. Osvaldo bringt ihn hin.«

»Ich kann Hunde nicht leiden. Und nun werde ich mich um diesen Hund kümmern müssen. Und außerdem um die Kaninchen und das Lamm der Zwillinge, das mit der Flasche aufgezogen wird. Wenigstens dieses Lamm hätten die Zwillinge mitnehmen können.«

»In die Dolomiten?«

»Ich fürchte, ich bin schwanger«, sagte Viola. »Es ist schon lange über meine Zeit hinaus.«

»Freu dich doch. Du sagst doch dauernd, du wolltest ein Kind.«

»Aber im Augenblick fürchte ich mich davor, weil in diesem einsamen Haus kein Arzt in Reichweite ist.«

»Du kannst doch Doktor Bovo anrufen. Der kommt sofort. Und im übrigen ist jetzt ja nichts mehr zu ändern. Mama konnte dort nicht allein bleiben. Matilde schläft wie ein Murmeltier. Selbst ein Erdbeben würde sie nicht wecken. Cloti ist in Urlaub gegangen. Ich muß für ein paar Tage verreisen. Ich hatte es der Kleinen versprochen. Aber ich komme ja bald zurück, und dann kannst du wieder fort.«

»Ich weiß. Ich will ja auch gar nichts daran ändern. Ich wollte damit nur sagen, daß ich Angst habe. Und ich sehe auch nicht ein, warum ich das nicht aussprechen sollte. Elio war gestern bei seiner Abreise nach Holland ganz verzweifelt, daß er mich nicht mitnehmen konnte.«

»Dann hätte er ja bei dir bleiben können.«

»Nein, er wollte doch so gern nach Holland. Er brauchte Tapetenwechsel. Der arme Elio. Micheles Tod hat ihm so zugesetzt. Er macht sich jetzt Vorwürfe, daß er zu Micheles Hochzeit nicht nach Leeds gefahren ist. Er meint, er hätte Michele manche nützlichen Ratschläge geben können.«

»Ratschläge welcher Art?«

»Das weiß ich nicht. Eben Ratschläge. Elio ist so menschlich.«

»Michele ist umgebracht worden. Ich frage mich, was für Ratschläge ihn davor hätten bewahren können, von Faschisten umgebracht zu werden.«

»Wenn er ruhig in Leeds geblieben wäre, hätten sie ihn nicht umgebracht.«

»Vielleicht fand er es eben schwierig, ruhig dort zu bleiben.«

»Ich habe ihn zum letzten Mal am Largo Argentina gesehen. Er kam aus der Geflügelbraterei dort. Er rief mir ›Salve‹ zu, blieb aber nicht bei mir stehen. Ich fragte ihn noch, was er gekauft habe. ›Ein Brathähnchen‹, antwortete er. Das sind die letzten Worte, die er zu mir gesagt hat. Worte, die nichts bedeuten. Ich schaute ihm nach, als er mit seiner Tüte weiterging. Ein Fremder.«

Inzwischen waren sie beim Haus ihrer Mutter angekommen. Viola parkte ihren Wagen in der Nähe der beiden Zwergtannen, die vor Hitze verdorrt und erschlafft waren. Angelica holte die Koffer vom Gepäckträger herunter. »Du hast ja entsetzlich viel Zeug mitgenommen«, sagte sie. »Ein Brathähnchen«, fuhr Viola in ihren Gedanken fort. »Das waren seine letzten Worte. Ich höre noch seine Stimme, als er sie aussprach. Als Kinder haben wir uns so liebgehabt. Wir spielten mit den Puppen Mutter und Kind. Ich war die Mutter und er das Kind. Er wollte immer ein kleines Mädchen sein. Das gleiche wie ich. Aber später habe ich ihm nicht mehr gepaßt. Er verachtete mich. Er nannte mich bürgerlich. Aber ich weiß nicht, wie ich anders sein sollte. Später hat er nur dich gemocht. Ich war sehr eifersüchtig auf dich. Du erinnerst dich sicher an vieles von ihm. Du sahst ihn ja ständig. Du warst mit seinen Freunden befreundet. Ich dagegen kannte nur ihre Namen. Gianni. Anselmo. Oliviero. Osvaldo. Seine enge Freundschaft mit Osvaldo hat mir nie gefallen. Es war eine Homosexuellenfreundschaft. Das läßt sich nicht verhehlen. Man wußte das sofort, wenn man sie nur sah. Auch Elio hat das gesagt, nachdem er sie zusammen gesehen hatte. Ich kann mich immer noch nicht darüber beruhigen, daß Michele homosexuell geworden ist. Michele würde mich konformistisch nennen. Aber schon Osvaldos Anblick beängstigt mich. Er ist nett, er ist alles, was du willst, aber mich beängstigt schon sein Anblick. Und jetzt werde ich ihn häufig zu sehen bekommen, weil er oft hierherkommt. Was er hier eigentlich tut, weiß man nicht. Da ist er schon. Ich erkenne das Motorgeräusch seines Wagens. Aber Mama macht das Freude. Entweder denkt sie nicht daran, oder sie denkt daran und findet nichts dabei. Wahrscheinlich kann man sich an alles gewöhnen.«

»Man gewöhnt sich an alles, wenn nichts mehr davon übrig ist«, sagte Angelica.

42

Leeds, den 9. September 71

Liebe Angelica,

Seit gestern früh bin ich in Leeds. Ich habe in einer Pension übernachtet, die Hong-Kong heißt. Du kannst Dir nichts Trübseligeres vorstellen als diese Pension Hong-Kong in Leeds.

Ada und Elisabetta habe ich in London gelassen. Es hatte ja keinen Zweck, sie hierher mitzunehmen.

Den Jungen, der Dir geschrieben hatte und der Ermanno Giustiniani heißt, habe ich aufgetrieben. Er hat noch die Adresse, die er Dir angegeben hat. Ein sympathischer Junge mit einem spitzen, ziemlich blaßen Gesicht, der etwas von einem Malaien an sich hat, und tatsächlich hat er mir erzählt, seine Mutter sei asiatischer Herkunft.

Er hat mir gesagt, Eileen und ihre Kinder seien nach Amerika zurückgekehrt. Ihre Adresse weiß er nicht. Von Eileen hat er mir erzählt, daß sie wirklich von großer Intelligenz ist, aber Alkoholikerin. Michele hat sie in der Absicht geheiratet, sie vor dem Alkohol zu erretten. Das sieht ihm ähnlich, denn er fühlte sich gern berufen, seinem Nächsten zu helfen. Nur daß seine Hilfsbereitschaft unfruchtbar blieb, weil sie nicht von Dauer war. Ihre Ehe ist nach acht Tagen in die Brüche gegangen. Acht Tage lang wirkten sie glücklich. Er kannte sie während dieser acht Tage noch nicht, er hat sie erst später kennengelernt, als praktisch alles schon zu Ende war. Aber Bekannte haben ihm erzählt, daß Eileen acht Tage lang nichts getrunken hat und ein anderer Mensch zu sein schien.

Ermanno hat mich zu dem Haus in der Nelson Road gebracht, in dem Eileen und Michele gewohnt haben. Jetzt steht daran »For sale«, das heißt, es ist zu verkaufen. So habe ich mich an den Makler gewandt und habe es besichtigen können. Es ist ein kleines englisches Haus mit drei Stockwerken, auf jedem Stockwerk ein Zimmer, in imitiertem Jugendstil scheußlich eingerichtet. Ich bin in alle Zimmer gegangen. In der Küche hing noch eine Schürze, die Eileen gehört haben kann, mit Tomaten und Karotten bedruckt, und ein Regenmantel aus schwarzem Satin mit einem Riß im Ärmel, der ebenfalls Eileen gehört haben kann. In einem Zimmer waren an den Wänden die Figuren von Schneewittchen und den sieben Zwergen, und auf dem Boden stand ein Napf mit schlecht gewordener Milch, die eine Katze offenbar dort hat stehen lassen. Wenn ich Dir all das so genau beschreibe, dann deswegen, weil ich denke, daß es Dir lieb ist, es zu wissen. Von Michele habe ich nichts gefunden außer einem leichten Wollhemd, das als Staublappen benutzt worden war und an einem Besen hing. Es kam mir vor wie ein Wollhemd, das er sich vor langer Zeit für den Winter gekauft hatte und tatsächlich habe ich beim Nachschauen das Schildchen von Anticoli, dem Geschäft in der Via delle Vite, darin gefunden. Nach einem Augenblick des Zögerns habe ich es gelassen, wo es war. Ich glaube, daß es keinen Sinn hat, die Sachen von Toten aufzubewahren, wenn sie inzwischen von Unbekannten benutzt worden sind und ihre Identität sich verflüchtigt hat.

Der Besuch in diesem Haus hat mich in tiefe Schwermut versetzt. Jetzt bin ich in meinem Zimmer in der Pension und sehe vom Fenster aus die Stadt Leeds, eine der letzten Städte, durch die Michele gewandert ist. Von Ermanno Giustiniani, dem sympathischen Jungen, mit dem zusammen ich heute abend essen werde, kann ich nur wenig über Michele erfahren, denn er hat ihn nur selten gesehen oder erinnert sich schlecht an ihn. Vielleicht aber macht es ihn auch nur traurig, mit mir ausführlich über ihn zu sprechen. Er ist noch ein richtiger Junge. Und die heutige Jugend hat kein Gedächtnis, und vor allem übt sie es nicht. Du weißt, daß auch Michele kein Gedächtnis hatte oder vielmehr sich nie dazu bequemte, darauf zurückzugreifen und es zu üben. Erinnerungen pflegen heute vielleicht noch Du, Deine Mutter und ich, Du von Natur, ich und vielleicht auch Deine Mutter ebenfalls von Natur, aber auch weil es in unserem gegenwärtigen Leben nichts gibt, was den Augenblicken und Stätten in unserer Erinnerung gleichkommt. Während ich diese Augenblicke erlebte und diese Stätten betrachtete, waren sie von strahlendem Glanz, weil ich wußte, daß ich mich zurückwenden und mich an sie erinnern würde. Es hat mich immer tief geschmerzt, daß Michele diesen Glanz nicht erkennen wollte oder konnte und daß er immer weiterging, ohne den Kopf je zurückzuwenden. Ich glaube aber, daß er diesen Glanz unbewußt in mir gesehen hat. Und oft habe ich gedacht, daß er während seines Sterbens blitzartig alle Wege der Erinnerung gegangen ist, und dieser Gedanke hat für mich etwas Tröstliches, denn wenn man nichts mehr besitzt, tröstet man sich mit einem Nichts, und so ist sogar der Anblick dieses zerfetzten Hemdes, das ich nicht mitgenommen habe, in dieser Küche für mich ein seltsamer Trost von eisiger Kälte und Trostlosigkeit gewesen.

Osvaldo

Italienische und spanische Literatur
in der edition suhrkamp und
in den suhrkamp taschenbüchern

Rafael Alberti: Der Verlorene Hain. Erinnerungen. Aus dem Spanischen von Joachim A. Frank. st 1171

Juan Benet: Du wirst es zu nichts bringen. Erzählungen. Aus dem Spanischen von Gerhard Poppenberg. es 1611

Gesualdo Bufalino: Die Lügen der Nacht. Roman. Aus dem Italienischen von Marianne Schneider. st 2313

– Das Pesthaus. Aus dem Italienischen von Karin Fleischanderl. st 2482

Roberto Calasso: Die geheime Geschichte des Senatspräsidenten Dr. Daniel Paul Schreber. Aus dem Italienischen von Reimar Klein. es 1024

Leopoldo Alas Clarín: Die Präsidentin. Roman. Aus dem Spanischen von Egon Hartmann. Mit einem Nachwort von F. R. Fries. st 1390

Cristina Fernández Cubas: Das geschenkte Jahr. Roman. Aus dem Spanischen von Eva Schikorski. es 1549

Alejandro Gándara: Die Mittelstrecke. Roman. Aus dem Spanischen von Eva Schikorski. es 1597

Federico García Lorca: Dichtung vom Cante Jondo. Dichtung vom tiefinnern Sang. Deutsch von Enrique Beck. st 1007

Adelaida García Morales: Die Logik des Vampirs. Roman. Aus dem Spanischen von Anne Sorg-Schumacher. es 1871

– Das Schweigen der Sirenen. Roman. Aus dem Spanischen von Anne Sorg-Schumacher. es 1647

– Der Süden. Bene. Aus dem Spanischen von Anne Sorg-Schumacher und Imme Bergmaier. es 1460

Ian Gibson: Federico García Lorca. Eine Biographie. Aus dem Englischen von Bernhard Straub. Mit zahlreichen Abbildungen. st 2286

Natalia Ginzburg: Caro Michele. Der Roman einer Familie. Aus dem Italienischen von Arianna Giachi. st 853

– Ein Mann und eine Frau. Aus dem Italienischen von Arianna Giachi. st 816

Juan Goytisolo: Ein algerisches Tagebuch. Aus dem Spanischen von Thomas Brovot. es 1941

– Dissidenten. Aus dem Spanischen von Joachim A. Frank. es 1224

– Notizen aus Sarajewo. Reportagen. Aus dem Spanischen von Meralde Meyer-Minnemann. Mit zahlreichen Abbildungen. es 1899

– Die Quarantäne. Prosa. Aus dem Spanischen von Thomas Brovot. es 1874

– Spanien und die Spanier. Aus dem Spanischen übertragen von Fritz Vogelgsang. st 861

Italienische und spanische Literatur in der edition suhrkamp und in den suhrkamp taschenbüchern

Juan Goytisolo: Weder Krieg noch Frieden. Palästina und Israel heute. Aus dem Spanischen von Thomas Brovot. es 1966

José Guelbenzu: Der Blick. Roman. Aus dem Spanischen von Peter Schwaar. es 1596

Cesare Lievi: Die Sommergeschwister. Ein Stück. Aus dem Italienischen von Peter Iden. es 1785

Julio Llamazares: Der gelbe Regen. Roman. Aus dem Spanischen von Wilfried Böhringer. es 1660

– Wolfsmond. Roman. Aus dem Spanischen von Wilfried Böhringer. st 2205

Eduardo Mendoza: Die Stadt der Wunder. Roman. Aus dem Spanischen von Peter Schwaar.

– Die unerhörte Insel. Roman. Aus dem Spanischen von Peter Schwaar. st 2519

– Die Wahrheit über den Fall Savolta. Roman. Aus dem Spanischen von Peter Schwaar. st 2278

Juan José Millás: Dein verwirrender Name. Roman. Aus dem Spanischen von Peter Schwaar. es 1623

Rosa Montero: Geliebter Gebieter. Roman. Aus dem Spanischen von Susanne Ackermann. st 1879

– Ich werde dich behandeln wie eine Königin. Roman. Aus dem Spanischen von Susanne Ackermann. st 1944

– Zittern. Roman. Aus dem Spanischen von Susanne Ackermann. st 2396

Guido Morselli: Licht am Ende des Tunnels. Roman. Aus dem Italienischen von Arianna Giachi. st 2207

Álvaro Mutis: Ilona kommt mit dem Regen. Roman. Aus dem Spanischen von Katharina Posada. st 2419

– Der Schnee des Admirals. Roman. Aus dem Spanischen von Katharina Posada. st 2291

– Ein schönes Sterben. Roman. Aus dem Spanischen von Katharina Posada. st 2525

Mercè Rodoreda: Auf der Plaça del Diamant. Roman. Aus dem Katalanischen von Hans Weiss. Mit einem Nachwort von Gabriel García Márquez. st 977

Alberto Savinio: Stadt, ich lausche deinem Herzen. Aus dem Italienischen von Karin Fleischanderl. st 2204

Jorge Semprun: Algarabía oder Die neuen Geheimnisse von Paris. Roman. Aus dem Französischen von Traugott König und Christine Delory-Momberger. st 1669

Italienische und spanische Literatur
in der edition suhrkamp und
in den suhrkamp taschenbüchern

Jorge Semprun: Europas Linke ohne Utopien. Essays. Aus dem Französischen von Wolfram Bayer. es 1915
- Die große Reise. Roman. Aus dem Französischen von Abelle Christaller nach der Originalausgabe. st 744
- Was für ein schöner Sonntag. Aus dem Französischen von Johannes Piron. st 972
- Der weiße Berg. Roman. Aus dem Französischen von Eva Moldenhauer. st 1768
- Yves Montand: Das Leben geht weiter. Aus dem Französischen von Uli Aumüller. st 1279
- Der zweite Tod des Ramón Mercader. Roman. Aus dem Französischen von Gundl Steinmetz. st 564

Giani Stuparich: Ein Sommer in Isola. Geschichten von der Liebe. Aus dem Italienischen übersetzt und mit einem Nachwort versehen von Renate Lunzer. st 2457

Enrique Vila-Matas: Vorbildliche Selbstmorde. Erzählungen. Aus dem Spanischen von Veronika Schmidt. es 1969

Giorgio Voghera: Nostra Signora Morte. Der Tod. Aus dem Italienischen von Renate Lunzer. st 2212

Literatur von Frauen
im Suhrkamp Taschenbuch Verlag

Isabel Allende: Eva Luna. Roman. Aus dem Spanischen von Lieselotte Kolanoske. st 1897 und st 2531
- Das Geisterhaus. Roman. Aus dem Spanischen von Anneliese Botond. st 1676 und Großdruck. it 2341
- Die Geschichten der Eva Luna. Aus dem Spanischen von Lieselotte Kolanoske. st 2193
- Der unendliche Plan. Roman. Aus dem Spanischen von Lieselotte Kolanoske. st 2302
- Von Liebe und Schatten. Roman. Aus dem Spanischen von Dagmar Ploetz. st 1735

Vita Andersen: Welche Hand willst du? Roman. Aus dem Dänischen von Angelika Gundlach. st 2225

Ruth Andreas-Friedrich: Der Schattenmann. Tagebuchaufzeichnungen 1938-1945. Mit einem Nachwort von Jörg Drews. st 1267
- Schauplatz Berlin. Tagebuchaufzeichnungen 1945-1948. st 1294

Lou Andreas-Salomé: Lebensrückblick. Grundriß einiger Lebenserinnerungen. Aus dem Nachlaß herausgegeben von Ernst Pfeiffer. st 2340
- Lebensrückblick. Grundriß einiger Lebenserinnerungen. Aus dem Nachlaß herausgegeben von Ernst Pfeiffer. Neu durchgesehene Ausgabe mit einem Nachwort des Herausgebers. it 54
- Rainer Maria Rilke. Mit acht Bildtafeln im Text. Herausgegeben von Ernst Pfeiffer. it 1044

Bettine von Arnim: Goethes Briefwechsel mit einem Kinde. Herausgegeben und eingeleitet von Waldemar Oehlke. Mit zeitgenössischen Abbildungen. it 767
- Die Günderode. Mit einem Essay von Christa Wolf. st 2341 und it 702

Elizabeth von Arnim: Alle meine Hunde. Aus dem Englischen von Karin von Schab. it 1502
- April, May und June. Aus dem Englischen von Angelika Beck. Mit einem Nachwort von Kirsten Jüngling und Brigitte Roßbeck. it 1722
- Elizabeth und ihr Garten. Aus dem Englischen von Adelheid Dormagen. it 1293 und Großdruck. it 2338
- Jasminhof. Roman. Aus dem Englischen von Helga Herborth. it 1677
- Liebe. Roman. Aus dem Englischen von Angelika Beck. Deutsche Erstausgabe. it 1591
- Die Reisegesellschaft. Roman. Aus dem Englischen von Angelika Beck. it 1763
- Sallys Glück. Roman. Aus dem Englischen von Schamma Schahadat. it 1764

Literatur von Frauen
im Suhrkamp Taschenbuch Verlag

Elizabeth von Arnim: Vater. Roman. Aus dem Englischen von Anna Marie von Welck. Neuübersetzung. it 1544
- Verzauberter April. Roman. Aus dem Englischen von Adelheid Dormagen. Mit Fotos aus dem gleichnamigen Film. it 1538 und Großdruck. it 2346

Jane Austen: Die Abtei von Northanger. Aus dem Englischen von Margarete Rauchenberger. Mit Illustrationen von Hugh Thomson. it 931
- Anne Elliot. Aus dem Englischen von Margarete Rauchenberger. Mit Illustrationen von Hugh Thomson. it 1062
- Die großen Romane. Mit den Illustrationen von Hugh Thomson. Sieben Bände in Kassette. it
- Emma. Aus dem Englischen von Charlotte Gräfin von Klinckowstroem. Mit Illustrationen von Hugh Thomson. it 511 und it 1631
- Lady Susan. Ein Roman in Briefen. Aus dem Englischen von Angelika Beck. Mit zwei Romanfragmenten: Die Watsons. Sanditon. Aus dem Englischen von Elizabeth Gilbert. it 1192
- Lady Susan. Ein Roman in Briefen. Aus dem Englischen von Angelika Beck. Großdruck. it 2331
- Mansfield Park. Aus dem Englischen von Angelika Beck. Mit Illustrationen von Hugh Thomson. it 1503
- Stolz und Vorurteil. Aus dem Englischen von Margarete Rauchenberger. Mit Illustrationen von Hugh Thomson und mit einem Essay von Norbert Kohl. it 787
- Verstand und Gefühl. Roman. Aus dem Englischen von Angelika Beck. Mit Illustrationen von Hugh Thomson. it 1615

Ingeborg Bachmann: Malina. Roman. st 641 und st 2346

Emmy Ball-Hennings: Gefängnis. st 1936

Djuna Barnes: Nachtgewächs. Roman. Deutsch von Wolfgang Hildesheimer. Mit einer Einleitung von T.S. Eliot. st 2195
- Ryder. Aus dem Amerikanischen von Henriette Beese. Mit elf Zeichnungen der Autorin. st 1638

Sylvia Beach: Shakespeare and Company. Ein Buchladen in Paris. Aus dem Amerikanischen von Lilly v. Sauter. st 823

Maria Beig: Hochzeitslose. Roman. Mit einem Nachwort von Martin Walser. st 1163
- Rabenkrächzen. Eine Chronik aus Oberschwaben. Roman. Mit einem Nachwort von Martin Walser. st 911
- Die Törichten. Roman. st 2219
- Urgroßelternzeit. Erzählungen. st 1383

Marija Belkina: Die letzten Jahre der Marina Zwetajewa. Aus dem Russischen von Schamma Schahadat und Dorothea Trottenberg. st 2213

Literatur von Frauen
im Suhrkamp Taschenbuch Verlag

Charlotte Beradt: Das Dritte Reich des Traums. Mit einem Nachwort von Reinhart Koselleck. st 2321

Ulla Berkéwicz: Adam. st 1664

– Engel sind schwarz und weiß. Roman. st 2296

– Josef stirbt. Erzählung. st 1125

– Maria, Maria. Drei Erzählungen. st 1809

– Michel, sag ich. st 1530

Tania Blixen: Moderne Ehe und andere Betrachtungen. Aus dem Dänischen von Walter Boehlich. Mit einem Nachwort von Hanns Grössel. st 1971

Carmen Boullosa: Sie sind Kühe, wir sind Schweine. Roman. Aus dem Spanischen von Erna Pfeiffer. es 1866

– Die Wundertäterin. Roman. Aus dem Spanischen von Susanne Lange. es 1974

Karin Boye: Kallocain. Utopischer Roman. Aus dem Schwedischen von Hermine Clemens. st 2260

Briefe von Frauen über Krieg und Nationalismus. Aus dem Slowenischen von Marina Einspieler, aus dem Serbokroatischen von Barbara Antkowiak, Angela Richter und Mechthild Schäfer. Mit einem Beitrag von Duŝka Perišeć-Osti. es 1811

Die Briefe von Goethes Mutter. Gesammelt und herausgegeben von Albert Körner. Mit einem Nachwort von Karl Riha. it 1550

Anne Brontë: Agnes Grey. Aus dem Englischen von Elisabeth von Arx. it 1093

– Die Herrin von Wildfell Hall. Roman. Aus dem Englischen neu übersetzt von Angelika Beck. it 1547

Charlotte Brontë: Erzählungen aus Angria. Aus dem Englischen von Michael Walter und Jörg Drews. it 1285

– Jane Eyre. Eine Autobiographie. Aus dem Englischen von Helmut Kossodo. Mit einem Essay und einer Bibliographie herausgegeben von Norbert Kohl. it 813 und st 2342

– Der Professor. Aus dem Englischen von Gottfried Röckelein. it 1354

– Shirley. Aus dem Englischen von Johannes Reiher und Horst Wolf. it 1145

– Über die Liebe. Herausgegeben von Elsemarie Maletzke. Übertragen von Eva Groepler und Hans J. Schütz. it 1249

– Villette. Roman. Aus dem Englischen von Christiane Agricola. it 1447

Emily Brontë: Die Sturmhöhe. Aus dem Englischen von Grete Rambach. it 141, it 1633 und Großdruck. it 2348

Literatur von Frauen
im Suhrkamp Taschenbuch Verlag

Die Schwestern Brontë. Leben und Werk in Texten und Bildern. Herausgegeben von Elsemarie Maletzke und Christel Schütz. it 814
Judith Butler: Das Unbehagen der Geschlechter. Aus dem Amerikanischen von Kathrina Menke. es 1722
Antonia S. Byatt: Besessen. Roman. Aus dem Englischen von Melanie Walz. st 2376
– Die Verwandlung des Schmetterlings (Morpho Eugenia). Roman. Aus dem Englischen von Melanie Walz. st 2503
Leonora Carrington: Unten. Aus dem Französischen von Edmund Jacoby. st 2343
Colette: Diese Freuden. Aus dem Französischen von Maria Dessauer. st 2154
Sigrid Damm: Cornelia Goethe. it 1452
Ruth Dinesen: Nelly Sachs. Eine Biographie. Aus dem Dänischen von Gabriele Gerecke. st 2270
Esther Dischereit: Joëmis Tisch. Eine jüdische Geschichte. es 1492
Tove Ditlevsen: Sucht. Erinnerungen. Aus dem Dänischen von Erna Plett in Zusammenarbeit mit Else Kjaer. st 2342
Ulrike Draesner: gedächtnisschleifen. Gedichte. es 1948
Annette von Droste-Hülshoff: Sämtliche Erzählungen. Herausgegeben von Manfred Häckel. it 1521
Marguerite Duras: Blaue Augen schwarzes Haar. Aus dem Französischen von Maria Dessauer. st 1681
– Eden Cinéma. Aus dem Französischen von Ruth Henry. es 1443
– Emily L. Roman. Aus dem Französischen von Maria Dessauer. st 1808
– Ganze Tage in den Bäumen. Erzählung. Deutsch von Elisabeth Schneider. st 1157
– Heiße Küste. Roman. Aus dem Französischen von Georg Goyert. st 1581
– Hiroshima mon amour. Filmnovelle. Deutsch von Walter Maria Guggenheimer. st 112 und st 2533
– Im Park. Roman. Aus dem Französischen von Andrea Spingler. st 1938
– Im Sommer abends um halb elf. Roman. Aus dem Französischen von Ilma Rakusa. st 2201
– La Musica Zwei. Theaterstück. Aus dem Französischen von Simon Werle. es 1408
– Liebe. Aus dem Französischen von Barbara Henninges. st 2460
– Der Liebhaber. Aus dem Französischen von Ilma Rakusa. st 1629

Literatur von Frauen
im Suhrkamp Taschenbuch Verlag

Marguerite Duras: Der Liebhaber aus Nordchina. Roman. Aus dem Französischen von Andrea Spingler. st 2384
- Der Matrose von Gibraltar. Roman. Aus dem Französischen von Maria Dessauer. st 1847
- Moderato cantabile. Roman. Aus dem Französischen von Leonharda Gescher und W. M. Guggenheimer. st 1178
- Das Pferdchen von Tarquinia. Roman. In der Übersetzung von Walter M. Guggenheimer. st 1269
- Ein ruhiges Leben. Roman. Deutsch von W. M. Guggenheimer. st 1210
- Sommer 1980. Aus dem Französischen von Ilma Rakusa. es 1205
- Sommerregen. Aus dem Französischen von Andrea Spingler. st 2284
- Das tägliche Leben. Aus dem Französischen von Ilma Rakusa. es 1508
- Der Tod des jungen englischen Fliegers. Aus dem Französischen von Andrea Spingler. es 1945
- Vera Baxter oder Die Atlantikstrände. Aus dem Französischen von Andrea Spingler. es 1389
- Die Verzückung der Lol V. Stein. Deutsch von Katharina Zimmer. st 1079
- Der Vize-Konsul. Roman. Deutsch von W. M. Guggenheimer. st 1017

Marguerite Duras / Michelle Porte: Die Orte der Marguerite Duras. Aus dem Französischen von Justus F. Wittkop. es 1080

Andrea Dworkin: Eis & Feuer. Roman. Aus dem Amerikanischen von Christel Dormagen. st 2229

Einblicke und Ausbrüche. Lebensskizzen berühmter Frauen. Herausgegeben von Susanne Gretter. st 2347

Ria Endres: Werde, was du bist. Dreizehn literarische Frauenportraits. st 1942 und st 2350

Laura Esquivel: Bittersüße Schokolade. Mexikanischer Roman um Liebe, Kochrezepte und bewährte Hausmittel in monatlichen Fortsetzungen. Aus dem Spanischen von Petra Strien. st 2391 und st 2534

Falsche Helden. Frauen über den Krieg. Herausgegeben von Daniela Gioseffi. st 2507

Cristina Fernández Cubas: Das geschenkte Jahr. Roman. Aus dem Spanischen von Eva Schikorski. es 1549

Penelope Fitzgerald: Frühlingsanfang. Roman. Aus dem Englischen von Christa Krüger. it 1693

Literatur von Frauen
im Suhrkamp Taschenbuch Verlag

Marieluise Fleißer: Gesammelte Werke in vier Bänden. Herausgegeben von Günther Rühle. Vier Bände in Kassette. st 2274- 2277
- Band 1: Dramen. st 2274
- Band 2: Romane. Erzählende Prosa. Aufsätze. st 2275
- Band 3: Gesammelte Erzählungen. st 2276
- Band 4: Aus dem Nachlaß. st 2277
- Abenteuer aus dem Englischen Garten. Geschichten. Mit einem Nachwort von Günther Rühle. st 925
- Ingolstädter Stücke. st 403

Adelaida García Morales: Die Logik des Vampirs. Roman. Aus dem Spanischen von Anne Sorg-Schumacher. es 1871
- Das Schweigen der Sirenen. Roman. Aus dem Spanischen von Anne Sorg-Schumacher. es 1647
- Der Süden. Bene. Aus dem Spanischen von Anne Sorg-Schumacher und Imme Bergmaier. es 1460

Gedichte berühmter Frauen. Von Hildegard von Bingen bis Ingeborg Bachmann. Herausgegeben von Elisabeth Borchers. it 1790

Lidia Ginsburg: Aufzeichnungen eines Blockade-Menschen. es 1672

Natalia Ginzburg: Caro Michele. Der Roman einer Familie. Aus dem Italienischen von Arianna Giachi. st 853
- Ein Mann und eine Frau. Aus dem Italienischen von Arianna Giachi. st 816

Evelyn Grill: Wilma. Erzählung. es 1890

Undine Gruenter: Epiphanien, abgeblendet. 56 Prosastücke. es 1870

Karoline von Günderode: Gedichte. Herausgegeben von Franz Josef Görtz. it 809

Barbara Hahn: Unter falschem Namen. Von der schwierigen Autorschaft der Frauen. es 1723

Handbuch für Wahnsinnsfrauen. Herausgegeben von Luise F. Pusch. st 2308

Lioba Happel: Grüne Nachmittage. Gedichte. es 1570
- Ein Hut wie Saturn. Erzählung. st 2217

Shulamith Hareven: Stadt vieler Tage. Saras Jerusalem. Aus dem Hebräischen von Ruth Achlama. st 2505

Kerstin Hensel: Im Schlauch. Erzählung. es 1815

Lisbet Hiide: Frau mit Schnabel. Erzählungen. Aus dem Norwegischen von Ursel Möhle. es 1668

Ricarda Huch: Der Fall Deruga. Kriminalroman. it 1416
- Der letzte Sommer. Eine Erzählung in Briefen. Großdruck. it 2315

Anna Maria Jokl: Die Perlmutterfarbe. Ein Kinderroman für fast alle Leute. st 2412

Literatur von Frauen
im Suhrkamp Taschenbuch Verlag

Lídia Jorge: Die Küste des Raunens. Roman. Aus dem Portugiesischen von Karin von Schweder-Schreiner. st 2469
– Nachricht von der anderen Seite der Straße. Roman. Aus dem Portugiesischen von Karin von Schweder-Schreiner. st 2149
Marie Luise Kaschnitz: Beschreibung eines Dorfes. Fotografien von Michael Grünwald. it 665
– Eisbären. Erzählungen. it 4
– Elf Liebesgeschichten. Ausgewählt von Elisabeth Borchers. Großdruck. it 2306
– Elissa. Roman. it 1694
– Ferngespräche. Erzählungen. it 1422
– Liebe beginnt. Roman. it 1603
– Liebesgeschichten. Ausgewählt und mit einem Nachwort versehen von Elisabeth Borchers. st 1292
– Menschen und Dinge 1945. Zwölf Essays. Mit einem Nachwort von Karl Krolow. it 1710
– Orte. Aufzeichnungen. it 1321
– Orte und Menschen. Aufzeichnungen. Mit einem Nachwort von Marcel Reich-Ranicki. it 1361
– Steht noch dahin. it 1729
– Tage, Tage, Jahre. Aufzeichnungen. it 1453
– Zwischen Immer und Nie. Gestalten und Themen der Dichtung. Mit einem Nachwort von Hans Bender. it 1527
Kaschnitz Lesebuch. Herausgegeben von Elisabeth Borchers. it 1792
Bettina Klix: Sehen Sprechen Gehen. Prosa. es 1566
Gertrud Koch: Die Einstellung ist die Einstellung. Visuelle Konstruktionen jüdischer Geschichte. es 1674
Barbara Köhler: Deutsches Roulette. Gedichte. es 1642
Cordula Koepcke: Lou Andreas-Salomé. Leben. Persönlichkeit. Werk. Eine Biographie. it 905
Hanna Krall: Schneller als der liebe Gott. Mit einem Vorwort von Willy Brandt. Aus dem Polnischen übersetzt von Klaus Staemmler. es 1023
Ursula Krechel: Mit dem Körper des Vaters spielen. Essays. es 1716
Maruša Krese-Weidner: Gestern, Heute, Morgen. Gedichte. Aus dem Slowenischen von Fabjan Hafner. es 1703
Julia Kristeva: Mächte des Grauens. Ein Versuch über den Abscheu. Aus dem Französischen von Xenia Rajewski. es 1684
Sabine Küchler: In meinem letzten Leben war ich die Callas. es 1799

Literatur von Frauen
im Suhrkamp Taschenbuch Verlag

Monique Lange: Edith Piaf. Die Geschichte der Piaf. Ihr Leben in Texten und Bildern. Aus dem Französischen von Hugo Beyer. Mit einer Discographie. it 516

Gertrud von le Fort: Erzählungen. Mit einem Nachwort von Eugen Biser. it 1512
- Die Magdeburgische Hochzeit. Roman. it 1384
- Die Tochter Jephthas und andere Erzählungen. st 351

Gertrud Leutenegger: Lebewohl, Gute Reise. Ein dramatisches Poem. es 1001
- Das verlorene Monument. es 1315

Liselotte von der Pfalz: Briefe. Herausgegeben und eingeleitet von Helmuth Kiesel. Mit zeitgenössischen Portraits. it 428

Elisabeth List: Die Präsenz des Anderen. Theorie und Geschlechterpolitik. es 1728

Katherine Mansfield: Das Gartenfest und andere Erzählungen. Aus dem Englischen von Heide Steiner. it 1724
- Über die Liebe. Herausgegeben von Ida Schöffling. it 1703

Claire Tomalin: Katherine Mansfield. Eine Lebensgeschichte. Aus dem Englischen von Eike Schönfeld. st 2336

Angeles Mastretta: Frauen mit großen Augen. Aus dem Spanischen von Monika López. st 2297
- Mexikanischer Tango. Roman. Aus dem Spanischen von Monika López. st 1787

Friederike Mayröcker: Die Abschiede. st 1408
- Ausgewählte Gedichte. 1944-1978. st 1302
- Magische Blätter. es 1202
- Magische Blätter II. es 1421
- Magische Blätter III. es 1646
- Magische Blätter IV. es 1954

Alice Miller: Am Anfang war Erziehung. st 951
- Bilder einer Kindheit. 66 Aquarelle und ein Essay. st 1158
- Du sollst nicht merken. Variationen über das Paradies-Thema. Mit einem neuen Nachwort (1983). st 952

Rosa Montero: Geliebter Gebieter. Roman. Aus dem Spanischen von Susanne Ackermann. st 1879
- Ich werde dich behandeln wie eine Königin. Roman. Aus dem Spanischen von Susanne Ackermann. st 1944
- Zittern. Roman. Aus dem Spanischen von Susanne Ackermann. st 2396

Barbara Neuwirth: Dunkler Fluß des Lebens. Erzählungen. st 2399

Literatur von Frauen
im Suhrkamp Taschenbuch Verlag

Ōba Minako: Träume fischen. Roman. Aus dem Japanischen übertragen von Bruno Rhyner. st 2390

Judith Offenbach: Sonja. Eine Melancholie für Fortgeschrittene. st 688

Fabienne Pakleppa: Die Himmelsjäger. Roman. st 2214

Erica Pedretti: Harmloses, bitte & zwei Romane. st 2518

J. J. Phillips: Mojo Hand. Eine orphische Geschichte. Aus dem Amerikanischen von Barbara Hennings. es 1574

Sylvia Plath: Das Bett-Buch. Aus dem Englischen von Eva Demski. Mit farbigen Illustrationen von Rotraud Susanne Berner. it 1474

Linda Wagner-Martin: Sylvia Plath. Eine Biographie. Aus dem Englischen von Sabine Techel. st 2337

Ilma Rakusa: Die Insel. Erzählung. st 1964
– Jim. Sieben Dramolette. es 1880
– Steppe. Eine Erzählung. es 1634

Gwen Raverat: Eine Kindheit in Cambridge. Roman. Aus dem Englischen übertragen von Leonore Schwartz. it 1592

Der Riß am Himmel. Science-fiction von Frauen. Herausgegeben von Karin Ivancsics. Übersetzt von Peter Hiess. st 2175

Christiane Rochefort: Frühling für Anfänger. Roman. Aus dem Französischen von Eugen Helmlé. st 532
– Kinder unserer Zeit. Roman. Aus dem Französischen von Walter Maria Guggenheimer. st 487
– Das Ruhekissen. Roman. Aus dem Französischen von Ernst Sander. st 379
– Die Tür dahinten. Roman. Aus dem Französischen von Eugen Helmlé. st 2160
– Zum Glück gehts dem Sommer entgegen. Roman. Aus dem Französischen von Eugen Helmlé. st 523

Mercè Rodoreda: Auf der Plaça del Diamant. Roman. Aus dem Katalanischen von Hans Weiss. Mit einem Nachwort von Gabriel García Márquez. st 977

Friederike Roth: Die einzige Geschichte. Theaterstück. es 1368
– Das Ganze ein Stück. Theaterstück. es 1399
– Krötenbrunnen. Ein Stück. es 1319

Renate Rubinstein: Immer verliebt. Aus dem Niederländischen von Rahel E. Feilchenfeldt. es 1337
– Nichts zu verlieren und dennoch Angst. Notizen nach einer Trennung. Aus dem Niederländischen übersetzt von Johannes Piron. Mit einem Vorwort von Norbert Elias. es 1022 und st 2230
– Sterben kann man immer noch. Notizen von einer Krankheit. Aus dem Niederländischen von Helga van Beuningen. es 1433

Literatur von Frauen
im Suhrkamp Taschenbuch Verlag

Nelly Sachs: Fahrt ins Staublose. Gedichte. st 1485

Das Buch der Nelly Sachs. Herausgegeben von Bengt Holmquist. st 398

George Sand: Geschichte meines Lebens. Aus ihrem autobiographischen Werk ausgewählt und mit einer Einleitung versehen von Renate Wiggershaus. st 2345

Rahel Sanzara: Das verlorene Kind. Roman. Mit einem Nachwort von Peter Engel. st 910

Sappho. Neu übertragen und kommentiert von Stefanie Preiswerkzum Stein. Mit farbigen Abbildungen. it 1229

Sappho: Strophen und Verse. Übersetzt und herausgegeben von Joachim Schickel. it 309

Kathrin Schmidt: Flußbild mit Engel. es 1931

Misia Sert: Pariser Erinnerungen. Aus dem Französischen von Hedwig Andertann. Mit einem Bildteil. it 1180

Mary W. Shelley: Frankenstein oder Der moderne Prometheus. Aus dem Englischen von Karl Bruno Leder und Gerd Leetz. Mit Fotos aus *Frankenstein*-Filmen und einem Essay und einer Bibliographie von Norbert Kohl. it 1030

Lisa St Aubin de Terán: Joanna. Roman. Aus dem Englischen von Ebba D. Drolshagen. st 2456

Marlene Streeruwitz: New York. New York. Elysian Park. Zwei Stücke. es 1800

– Waikiki-Beach. Sloane Square. Zwei Stücke. es 1786

Karin Struck: Kindheits Ende. Journal einer Krise. es 1123

– Klassenliebe. Roman. es 629

Sabine Techel: Es kündigt sich an. Gedichte. es 1370

Gabriele Tergit: Atem einer anderen Welt. Berliner Reportagen. Herausgegeben und mit einem Nachwort versehen von Jens Brüning. Erstausgabe. st 2280

Dubravka Ugrešić: Die Kultur der Lüge. es 1963

– My American Fictionary. Aus dem Kroatischen von Barbara Antkowiak. es 1895

Wahnsinnsfrauen. Herausgegeben von Sibylle Duda und Luise F. Pusch. Erstausgabe. st 1876

Wahnsinnsfrauen II. Neue Portraits. Herausgegeben von Sibylle Duda und Luise F. Pusch. st 2493

Dorothea Zeemann: Jungfrau und Reptil. Leben zwischen 1945 und 1972. st 776

– Eine unsympathische Frau. Erzählungen. st 2224